JN306217

俺さまケモノと甘々同居中!?

榛名　悠

幻冬舎ルチル文庫

CONTENTS ✦目次✦

✦カバーデザイン＝齋藤陽子(CoCo.Design)
✦ブックデザイン＝まるか工房

イラスト・コウキ。✦

俺さまケモノと甘々同居中!?

■1■

「火が怖い？」

椅子《いす》に腰掛けた社長の松岡《まつおか》が、怪訝《けげん》そうに繰り返した。

織原凌《おりはらしのぐ》はぐっと唇を嚙《か》み締めて、正直に頷《うなず》いた。

「……はい」

ハア、と聞こえよがしのため息が狭い室内に響き渡った。

「さっき、高鳥《たかとり》さんからクレームの電話があった。担当家政夫を替えてほしいそうだ」

「……っ」

予想通りの言葉だった。

「危うく火事になりかけたんだ。たまたま高鳥さんが家にいたからよかったものの、火を扱っている最中に眩暈《めまい》を起こすなんて、一歩間違えば大惨事だぞ。しかも、眩暈の理由が火が怖くてだと？　まさかお前、今までもそうだったのか？」

「いえっ」凌は慌ててかぶりを振った。「今までは何ともなかったんです。本当に、今日になって急に、火を見ると体が竦《すく》んで動けなくなってしまって……」

昨日一昨日《おとといい》と、訪問先の家庭用キッチンはＩＨコンロだった。凌の自宅もＩＨ式。今日、高鳥家でガスコンロの炎を目にした途端、どういうわけか動悸《どうき》がして全身から脂汗《あぶらあせ》が吹き出し、まったく動けなくなってしまったのである。焦げ臭さに気づいて、高鳥がたまたまキッチンを覗《のぞ》かなかったらと思うと、ゾッとする。

三日前にガスコンロを使用した時は平気だった。だから突然こんな事態になって、凌自身が一番混乱していた。

「火だけなのか？」

松岡が戸惑いがちに訊《き》いてきた。

「……刃物も、ダメみたいです。包丁が握れなくて」

凌の返答に、松岡が目を瞠《みは》った。

「おいおい、それじゃあ家政夫の仕事なんかできないだろ」

「すみません。自分でも本当に何が何だかわからなくて……」

項垂《うなだ》れると、松岡も困ったように頭を掻《か》いた。

「お前は仕事に対して誠実だし、若いのに技術面も文句なくうちのトップだ。お客様からの評判もいい。何があったんだよ。突然こうなったことに、心当たりはないのか？」

問われて、凌は思わず押し黙った。心当たりならないこともない。だが、それをどう説明すればわかってもらえるのだろう。

夜毎《よごと》、火や刃物の化け物に襲われる夢を見る。コンロの炎や包丁を見た瞬間、その夢がフラッシュバックのように蘇《よみがえ》って身が竦んでしまうのだ——と話したところで、鼻で笑われるのがオチだった。

悪夢を見るようになったのは、一週間ほど前からだ。

最初はめらめらと炎の化け物に襲われる夢を見た。その次は大量の刃物を体中にぶらさげて襲いかかってくる大男。その次は針の雨を降らせる巨大針山。

四日目からは全部セットになって襲ってきた。言葉だけを並べれば子どもが怖がる悪夢の類《たぐい》だ。しかし、毎回舞台が変わって一体どこへ向かえばいいのかわからないし、逃げても逃げても追い駆けてくるし、誰も助けてくれないし——その恐怖は筆舌に尽くしがたい。遅刻の言い訳を向かい風のせいにするのと同じで、仕事のミスを悪夢のせいだと言い張ればバカにされるのは目に見えていた。実際、凌だって自分の後輩がそんなことを言い出したら、もっと上手《うま》い言い訳を考えろよと呆《あき》れるだろう。体験した者にしかこの恐怖は理解してもらえないのだ。

——急に火や刃物が怖いなんて、何か精神的なものが関係しているのかもしれないな。

理由を訊かれて言い澱《よど》んだ凌に対し、松岡はそんなふうに結論づけた。

今回は大事にならずに済んだが、このままではいずれ事故に繋《つな》がる。稼《かせ》ぎ頭《がしら》を失うのは社として痛いが、今のお前をうちの家政夫として派遣するわけにはいかない。

社長の判断はもっともだった。

【ライフサポート　きらり】は、掃除、洗濯、炊事、買い物などを依頼主の希望に沿って行う個人経営の家事代行業者だ。凌は家政婦協会にも登録している家政夫であり、共働きの両親に代わって身につけた家事能力を活かし、高校を卒業後に当社へ就職。もともと人当たりのいい性格に加えて、仕事に真面目《まじめ》で努力家な部分も評価され、次々と仕事を任されるようになった。

もちろん、これまで問題を起こしたことは一度もない。

自分の働きに対して「ありがとう」と喜んでもらえることが嬉《うれ》しく、遣《や》り甲斐《がい》のある仕事に就けたことを誇りに思っていた。若手家政夫の期待の星とまで言われて、この六年間、せっせと働いてきたのだ。

しかし、こんなことになってしまった以上、社長や同僚に迷惑はかけられなかった。悔しいが仕方ない。

しばらく休みをもらうことになり、松岡からは専門的なクリニックに行くことを勧められた。火が怖い。刃物が怖い。経験を重ねてせっかくものにした家事の技術が、手のひらからぽろぽろと零《こぼ》れ落ちていくようで、恐怖が二重になって襲いかかってくる。

自分にはこれしかないのに、仕事ができなくなったら終わりだ。これからどうすればいいのだろう。それもこれも、すべてはあの悪夢のせいだ――。

「……ヤバイ。本当に、精神がやられるかも」

がっくりと落ち込みながら、本気でクリニックを探すことを考える。何としてでも今の状況を克服したい。多少の荒療治は覚悟の上だ。いっそ、逃げずに立ち向かって化け物と戦ってみるか。まさか夢の中の死が現実世界と直結するわけじゃあるまいし……。

そんなことを考えながら、とぼとぼと往来を歩いていた時だった。

ガタンと物音が聞こえて、凌はふと立ち止まった。

横を向くと路地の入り口だ。空はすっかり紺色に染まっていたが、地上はまだまだ賑《にぎ》やかな時間帯。もう一本右に逸《そ》れた目抜き通りは会社帰りのサラリーマンやOL、学生たちが行き交っている。

「?」

あいにく、この路地裏に人影はなく、物音を聞いたのは自分ひとりのようだった。

凌は薄暗い路地を覗く。すると誰かが壁に手をついて蹲《うずくま》っていた。

男性だ。傍《そば》に空のビールケースが三つ転がっている。先ほどの物音はそれらが崩れた音だったのだろう。よろけた彼がぶつかったに違いない。

気分が悪そうに俯《うつむ》いている姿を見て、凌は少し躊躇《ためら》った後、遠慮がちに声をかけた。

「だ、大丈夫ですか?」

飲み屋街から流れてきた酔っ払いだろうか。しかし、近寄ってみるとまったくアルコールの匂いはしなかった。ハアハアと苦しげな息遣いが聞こえてくる。凌は急いでその場にしゃがむと、彼の耳元で話しかけた。

「しっかりしてください。大丈夫ですか？」

こめかみの辺りにはびっしりと脂汗が滲《にじ》んでいる。壁についた男の腕がずるっと滑った。凌は咄嗟《とっさ》に自分の体を滑り込ませて、覆い被《かぶ》さってくる彼の体重をぎりぎりで支える。触れた手のひらは汗を搔いているのに驚くほど冷たかった。

「もしもし、俺の声が聞こえますか？　すぐに、救急車を呼びますから」

パーカーのポケットから携帯電話を取り出そうとすると、ぎゅっと手を握られた。

「……いや。呼ばなくてもいい」

低い声がして、凌はひとまずホッと胸を撫《な》で下ろす。

「よかった、意識はありますね。具合が悪いなら、ちゃんと病院に行った方が……」

「本当に、大丈夫だから」

またぎゅっと手を握られる。男はなぜかそのまま手探りで指まで組んできて、さすがの凌も焦った。

「あ、あの、ちょっと」

手を離そうとした途端、どさっと男がもたれかかってきた。

「え？」凌はぎょっとした。「ちょ、ちょっと、しっかりして下さい！　全然大丈夫じゃないじゃないですか。救急車……っ」

「だから呼ばなくてもいいって」

圧《の》し掛かってくる体重を支えきれなくて尻餅《しりもち》をつく。凌の肩口に顔を埋《うず》めながら、男が気《け》だるげに言った。

「その代わり、しばらくこうしていてくれ。よくわからないけど、あんたとくっついていると、気分がラクになる」

「……は？　あの、ちょっと」

ふいに彼の手が背中に回り、凌は両腕ごと抱き締められてしまった。いきなり見ず知らずの男から抱擁を受けて混乱する。

どうしていいのかわからず硬直していると、耳元で聞こえていた荒い息遣いが次第に落ち着いていく様子が伝わってきた。冷たかった体もどうやら体温を取り戻したようだ。相当具合が悪かったのだろう。とにかく体が辛《つら》くて、誰でもいいからもたれかかれる支えが欲しかったのかもしれない。凌はしばらくの間、そのままの体勢を保つ。

最初はしがみつくように凌の肩口にきつく額《ひたい》を押しつけていた彼だったが、徐々に腕の力が抜けて圧迫感がやわらいだ。激しかった心音も速度を落としていく。

やがて緩やかな呼吸音が聞こえてきて、凌はほっと安堵《あんど》した。

抱きついていた男の腕が、ゆっくりと離れる。寄りかかっていた顔を上げた。

「……もう平気だ」

甘さのある低い声が言った。

「悪かったな、引き止めてしまって」

「いや、それは別にいいけど。本当に病院に行かなくて大丈夫なんですか？」

初めてまともに視線を交わして、凌は思わず息を呑《の》んだ。よく見ると、物凄く整った顔立ちをしていることに気づく。

秀でた額とすっと高く通った鼻梁《びりょう》。涼やかな切れ長の目は睫毛《まつげ》が長く、男らしく張った頬骨《ほおぼね》から鋭角的な顎《あご》にかけてのラインがシャープで、やや厚めの唇は肉感的。年は凌よりも三、四歳は上で二十代後半だろう。体調が優れず気だるさが残っているせいか、月明かりに照らされた黒髪を掻き上げ緩慢な動きで首を傾けられると、同じ男でもちょっとドキッとするような色香があった。

咄嗟に目線を外す。男が小さく息をついた。

「ああ、もう大丈夫。随分とラクになった」

彼がすっと立ち上がる。思ったよりも身軽な動きだ。しっかりと地面を踏み締める足がふらつく様子も見られず、本当に体調は回復したらしかった。

親切に手を差し伸べられて、凌は僅《わず》かに戸惑ったのち、彼の手を取った。ぐっと力を入れて引き上げられる。

立ってみて、改めて彼の背の高さに驚かされた。百七十五センチの自分よりも十センチは高い。一見すらっとしていて細身だが、抱きつかれた感触では、何かスポーツでもやっていたのではないかと思うほどしなやかな筋肉が張り詰めていた。

ルックスに恵まれている男だなと思いながら見つめていると、「あんた、名前は?」と問われた。凌はハッと我に返る。

「……織原ですけど」

「下は?」

「……凌」

「へえ、凌か」

彼はもう一度凌の名前を繰り返して、「ふうん、綺麗《きれい》な響きだな」と言った。「あんたの見た目とぴったり」

予想外の感想に、凌は思わず面食らってしまった。

身長はそこそこあるものの、細身の優男《やさおとこ》風の外見が自分は昔からあまり好きではない。

大きな目、小ぶりな鼻に口角の上がった唇。瞳は黒いのに、髪の色は生まれつき茶味がかっていて、そのせいで中学・高校と風紀委員の注意を受けることがよくあった。中性的な顔立ちは幼稚園の頃から散々揶揄《からか》われてきたし、思春期の男子が女子からかわいいとか綺麗だとか褒められても、馬鹿にされているようで全然嬉しくなかった。社会人になっても容姿についてあれこれ言われることはあったが、そういえば名前に触れられたのは初めてかもしれない。不思議と嫌な感じはしなかった。

男は自分のことをリュウと名乗った。二十四歳の凌よりも三つ年上の二十七歳。

「体調が戻ってよかったですね」

凌の言葉にリュウが頷いた。真っ青だった顔色も良くなったようだ。

「ああ、助かった。これで邸《やしき》まで帰れる。こんなところで倒れても誰も迎えに来てくれないからな。薄情なヤツらばっかりだし。凌が通りかかってくれて本当に助かったよ」

「俺は別に大したことはしてないんで」

いきなりファーストネームで呼ばれて、案外馴《な》れ馴れしい人だなと内心思う。

「タクシーを拾いますか？　それとも電車で……」

一度路地の入り口に目を向けた凌は、首を元に戻してびくっとした。

リュウがじっとこちらを見ている。引力のある目に見つめられて、思わずたじろぐ。

「あの、何か……？」

訊《たず》ねた瞬間、長い手が伸びてきた。避《よ》ける間もなくぎゅっと抱き締められる。

「――え、は？」凌は狼狽《うろた》えた。「ちょ、ちょっと、何するんですか……っ」

「やっぱり気持ちいい」

耳元で低い声に囁《ささや》かれて、凌はぎょっとした。

「なっ、何言ってんだよ、あんた！　もう気分はよくなったんだろ？　さっさと離れろよ」

「こんな抱き心地のいい体は初めてだ。すげえ癒やされる」

スリスリと頬擦《ほおず》りまでされて、ゾワアッと身の毛がよだった。病人ならまだしも、すでに相手は回復している。しかも聞き間違いでなければ、おかしなことを口にした。抱き心地のいい体？　癒やされる？　男相手に何を言い出すんだ？　脳が即座に危険人物だと判定を下す。こいつ、ヤバイ奴だ――。

「ちょっとあんた、マジで離れろって、いい加減にしろってば！」

ドンと渾身《こんしん》の力で男の胸板を突っ張った。「うっ」と短い呻《うめ》き声を上げて、ようやくリュウが離れる。胸元を押さえながら、恨みがましく言った。

「――…おい、何しやがる」

「何しやがるはこっちのセリフだ！　あんたこそいきなり初対面の男に抱きついてきて、どの不審者だよ」

「誰が不審者だ。せっかくこの偶然の出会いに感激していたところだったのに。台無しだ」

リュウが嘆くようにため息をついた。まるで凌の方が悪いような口ぶりだ。

「はあ？　何をわけのわかんないことを言って……」

「あれ？」

凌の声に被せるようにして、リュウが呟《つぶや》いた。少し腰を屈《かが》め、なぜかまたじっとこちらを見つめてくる。

「な、何だよ」

身を乗り出し顔を覗き込まれて、反射的に凌は一歩後退《あとじさ》った。警戒心を撥《は》ね上げる。思わず身構えたその時、彼が神妙な面持ちで言った。

「お前、おかしなもんをくっつけてるな」

「——は？」

一瞬、きょとんとしてしまった。しかし、リュウは至極真面目に続ける。

「悪い、自分の体調を取り戻すのに必死でそっちまで気が回らなかった。この肥え具合だと憑《つ》かれて一週間前後といったところか……」

じっと凌を見つめたまま、意味不明なことを言い始めた。

やっぱり、かかわったらダメな人種だ——凌はあからさまに顔を引き攣《つ》らせる。とにかく今すぐここから逃げ出したい。しかしやたらと距離が近く、背中を向けてもすぐに捕まってしまいそうで、どうやって逃げればいいのか必死に逃走経路を考える。その時、ふと違和感に気づいた。これだけ至近距離で顔を合わせているのにもかかわらず、さっきから一度も目が合っていないのだ。不審に思って彼の目線を辿《たど》ると、凌の左側頭部の辺りを捉えていた。何を見ているのだろうか。もしかして、髪にゴミでもくっついているとか？

リュウがおかしなことを訊いてきた。

「一週間ほど前に、何か変な蟲《ムシ》に襲われなかったか？」

「……ムシ？」

「姿は見えなくても仕方ない。チクッと何かに刺されたような違和感があったとか、原因不明の痒《かゆ》みとか」

凌は眉根を寄せて首を捻《ひね》った。一体何の話をしているのか、さっぱり見えない。変な男にならまさに今、絡《から》まれている最中だけど——と内心で毒づいたその時、ふっと唐突に記憶が蘇った。

「……あ、そういえば」凌は口を開いた。「仕事帰りに、蚊《か》に刺されたことがあった。すごく痒くて、ドラッグストアに寄って虫刺されの薬を買ったんだった。確か、ちょうど一週間前だったたと思うけど」

ブーンと羽音が聞こえて、チクッと首筋を刺されたのだ。咄嗟に手で追い払ったが、それからすぐに猛烈な痒みに襲われたのである。薬を塗ったらすぐに症状は治まり、翌日にはもう何ともなかったので忘れていた。

「そいつは蚊じゃないぞ」

話を聞いたリュウが目を眇《すが》めた。

「夢蟲《ユメムシ》といって、精神状態が不安定な人間に取り憑いて、悪戯《いたずら》に悪夢を見せる厄介な蟲なんだよ。お前はそれに取り憑かれたんだ」

「え？」と、思わず訊き返すと、彼が問い詰めるように言った。

「最近、悪夢にうなされて困っているだろ」

「――！」

凌はハッと目を瞠った。言葉を失うと、彼はすべて見透かしたような顔で頷いた。

「まあ、今すぐとって喰《く》われるわけじゃないが、早めに祓《はら》っておくに越したことはない。しまったな。今夜は予定外に二人分を喰っちまったから、すでにキャパオーバーなんだよ。さすがに一晩で三人は経験がない。無理に祓ってお前の体に何か影響が出ても困るし……」

腕を組んで、ブツブツと独りごちる。

凌は何が何だかわけがわからず、茫然《ぼうぜん》と彼を見つめた。

悪夢の話は誰にも喋《しゃべ》っていない。それなのに、なぜ会ったばかりの彼が知っているのだろう。しかも、一週間前に虫に刺されたことまで。正直に言って、気味が悪い。

逃げよう。これ以上はかかわらない方がいい。

まともに組み合ったら勝てる気がしないが、不意をついて突き飛ばすくらいはできる。走って路地を抜ければすぐ向こうは目抜き通りだ。人込みに紛れてしまえば逃げられる。

そう考えた矢先、彼がポケットから何かを取り出した。一歩近寄られて、凌はビクッと硬直する。

「今日の礼だ。明日なら特別に祓ってやるから、ここに来い」

半ば無理やり握らされたそれは、名刺大の黒いカードだった。白い文字が印刷してある。

【悪夢、祓います。
祓い屋　眠々《みんみん》】

――見るからに怪しい。

凌は自分の顔が盛大に引き攣るのがわかった。もしかすると、具合が悪そうにしていたあれもすべてが彼の演技だったのではないか。インチキ商売のカモにされてしまう。

焦ったその時、いきなり肩を捕《つか》まれた。ぎょっと固まる凌の顔を強引に覗き込んで、彼が言った。

「目の下のクマが酷いな。眠れなくて困っているんだろ？」

そっと頬を両手で包むように触られてビクッとする。真正面から彼と視線を交わし、思わず息を呑んだ。強い眼差《まなざ》しで凌を捉えて、リュウが続ける。

「眠れないというだけで相当なストレスが溜《た》まるんだ。他にも悩みを抱えているだろ。今のお前の精神状態はガタガタだ。このままの不安定な状態を続けていると、また別の夢蟲が寄ってくるかもしれない。そうなると、祓うにしてもかなり大掛かりになるぞ。言っておくが、そいつは人間の医者にかかったところでどうにもならない。餅は餅屋——俺たち祓い屋の仕事だからな」

息がかかるほどの距離で脅されて、凌は混乱した。

悪夢を見始めてからちょうど一週間。寝不足が続いているのは事実だ。クマが浮き、酷い顔をしていることも自覚している。ついさっきまで、クリニックを受診することを真剣に考えていた。しかしそんなことをしても無駄だと、彼は言う。

俄《にわか》に不安が込み上げてきた。頭では胡散臭《うさんくさ》いこの男をまるで信用していないのに、心のどこかが引っかかりを覚える。

凌は無言で彼を見つめた。

彼がふっと目を細める。端整な顔がどこか切なげに眉を寄せる。

「……凌」

次の瞬間、ぎゅっと抱きつかれた。瞬時に我に返った凌は唖然《あぜん》となる。「うわっ、ちょ、離せよ！」焦ってジタバタと暴れるが、抱き締めてくる腕はびくともしない。

「やっぱり気持ちがいいな、お前の体は」

耳元で恍惚《こうこつ》としたため息が聞こえて、ゾワッと肌が粟立《あわだ》った。

「こういう相手に会ったのは初めてだから、何て言っていいのかわかんねーけど。運命的な何かを感じるよな」

意味不明なことを言い出す。凌の体が拒絶反応を示した。

「明日は、このことについてもお前と詳しく話がしたい。本当はこのまま連れて帰りたいんだが、今夜は満月だから邸に部外者を入れたらいけない決まりなんだよ。変なルールばっかりあってさ。そうだ、とりあえず悪夢対策に俺の毛を御守りとして……ぐへっ」

あまりにも気色悪くて、気づくと相手の腹に思い切り拳《こぶし》を突き入れていた。凌を拘束する腕から力が抜け、腹を押さえた彼が蹲る。

「ふっ、ふざけんなよ！」

凌は息を切らしながら怒鳴った。

「ナンパなら、他所《よそ》でやれよ。悪いけど、俺はソッチじゃないから。心配して声なんかかけるんじゃなかった。まさかこんなヘンタイ男だったなんてな」

口早に言い捨てながら、急いで距離を取る。背を向けてすぐさま地面を蹴った。

「おい、待て！」

背後から切羽詰まった声が追い駆けてくる。

「絶対に明日、店に来いよ。待っているからな！　じゃないと、このままだとお前――」

無視して、一気に路地を駆け抜けた。

■2■

悪夢、祓いますーーだと？

何だよ、その胡散臭い謳《うた》い文句。どうせ悪徳商法の類で、飲み続ければ不眠症が解消されるお清めの水や、飾っておくだけで悪夢から解放される落書き同然の絵を高値で売りつけられるに違いない。

そう頭ではわかっているのにーー。

どういうわけか翌日、凌は古びた洋館の前に立っていた。

手には見るからに怪しいショップカード。昨夜、帰宅してすぐに捨てたつもりでいたそれが、なぜかジャケットのポケットから出てきたのだ。握り潰《つぶ》した後、ゴミ箱ではなく再びポケットに戻してしまったらしい。

ゆうべもほとんど眠れなかった。

夢の中で襲いかかってきた化け物の大群は、いつにも増して執拗《しつよう》でとにかく恐ろしかった。悪夢にうなされて飛び起き、同居人を心配させてしまったくらいだ。

更に追い討ちをかけるように困ったことが起きた。

家賃節約のために一緒に暮らしていた友人から、今朝になって突然、同居解消を切り出されたのだ。現在付き合っている彼女との結婚が決まり、今後は嫁の実家の家業を手伝う予定らしい。あまりに急な話に、凌は目が点になってしまった。

彼が出て行くのなら、自動的に凌も引っ越しを考えざるをえなくなる。一人で今の家賃を払い続けるのはきついし、不経済だ。しかも、ただいま休職中。いつ職場復帰できるかもわからず、言い知れない不安が怒濤《どとう》のように押し寄せてきた。

――このままの不安定な状態を続けていると、また別の夢蟲が寄ってくるかもしれない。

あの男の声が蘇る。夢蟲？　そんな生物の名前は聞いたことがない。きっと揶揄われたのだ。強引にそう思い込み、凌は思考を切り替えて、不眠症を治す現実的な方法を探した。

専門のクリニックをいくつか調べてみたが、どこも予約制で今すぐに診《み》てもらうというわけにはいかなかった。結局、近場の個人病院で内科の診察を受けた結果、精神的なストレスからくる睡眠障害だろうと診断される。薬を処方してもらったが、心の中では納得いかない自分がいるのも事実だった。

――言っておくが、そいつは人間の医者にかかったところでどうにもならない。

またあいつの声が脳裏をよぎる。餅は餅屋――俺たち祓い屋の仕事だからな。

「祓い屋って何？　医者の薬をいくら飲んだって無駄ってことかよ。今夜もまたあの夢を見てうなされるわけ？　クソッ、このまま放っておいたら、どうなっちゃうんだ俺……っ」

――絶対に明日、店に来いよ。待っているからな！　じゃないと、このままだとお前の命が危ない。悪夢に喰われたまま戻ってこれなくなるぞ！

タチの悪い脅し文句がまざまざと蘇って、凌は思わず往来に立ち止まった。

その後のことはよく覚えていない。何気なくさぐったポケットの中に件《くだん》のショップカードが入っていた。病院帰りの凌は、気がつくと自宅とは反対方向へ歩き出していた。

そうして辿り着いたのが、町外れの坂の上にひっそりと佇《たたず》む、この古びた洋館だったのである。

「……お化け屋敷みたいだな。大丈夫かよ、この建物」

黄昏時《たそがれどき》の妖《あや》しい空を背景に建つ、大きな横長の建造物。

木軸《もくじく》と漆喰《しっくい》壁が特徴的な建物の左右に、茶色いとんがり屋根をした六角形の張り出しを持ち、それぞれの塔屋《とうや》の屋根には不吉なほど鴉《からす》が何羽も止まっていた。まるで彼らがこの邸の主であるかのように堂々と居座っている。周囲は鬱蒼《うっそう》と生い茂る雑木林。高い煉瓦《れんが》の塀は色《いろ》褪《あ》せて、罅《ひび》割れのように蔦《つた》が這《は》っていた。敷地面積も広く、新築当初はさぞ立派だったのだろうが、相当な年月が経《た》った今はB級ホラー映画にでも出てきそうな雰囲気を醸し出している。

カードには邸の住所の他に営業時間が印刷してあった。午後五時から深夜0時まで。その辺りも一般的なクリニックとは異なる。

門に掲げてある黒い表札には【眠々】とあった。

場所は間違っていないようだ。

何かに衝《つ》き動かされるようにしてここまでやってきたものの、いまだに半信半疑だった。今自分がこの場所に立っていることを、凌自身が一番驚いている。

もう、何を頼ったらいいのかわからなくなっていた。ただ、ストレスと一言で片付けられてしまうと、そうじゃないだろうと怒りすら込み上げてきて、これならまだ「それは夢蟲の仕業《しわざ》だ」と意味不明でも具体的な原因を示してくれる方が納得できるような気がしたのだ。

危うい心理状態だとわかっていても、それに縋《すが》ってしまいたい気持ちになる。怪しい新興宗教や霊感商法にはまってしまう人の心情が、今ならわからなくもないと思ってしまう。

あの男の顔が浮かんだ。

この邸の中にあいつがいるはずだ。

最後の最後に投げかけられた言葉が気になっていた。命の危険とまで言われては無視もできないし、悪夢に喰われるとは一体どういう意味だろう。戻ってこられなくなるなんて冗談にしてもタチが悪い。

リュウという男は、本当にその道のプロなのだろうか。人間性にはかなり問題がありそうだったが、少なくとも先ほど訪ねた内科医よりは凌の悩みの本質をわかってくれているような気がしていた。内科医は悪夢について微塵《みじん》も触れなかったが、リュウは何も話していないにもかかわらず、真っ先に言い当てたからだ。昨夜の恩に着せて、話ぐらい聞かせてもらってもいいだろう。

「――よし」

意を決して黒い鉄格子《てつごうし》のような門扉《もんぴ》に手をかける。軽く押すとすぐに開いた。

石畳のアプローチが狭くなるほど草がぼうぼうに生えていて、日が落ちかけた庭はなんとも薄気味悪い影に覆われている。秋風に雑草が波立つ。せっかく広い庭があるのに、手入れもせずに放置しているなんてもったいない。

見上げた二階の窓のカーテンは千切《ちぎ》れてボロボロになっていた。近付くにつれて朽《く》ちた壁のみすぼらしさが浮き彫りになる。本当にこんなところで悪夢を祓ってもらえるのだろうか。

アーチのある玄関ポーチも、遠目には立派だが壁のあちこちに罅《ひび》が入っていた。

ここまで歩いただけでも不信感は一気に高まる。大丈夫かなと内心で自問しつつ、深呼吸を繰り返した。気を取り直し、チャイムボタンを押す。

しかし、いくら待っても誰も出てこない。

「何だよ。あいつ、今日来いって俺に言ったくせに」

もう一度チャイムを鳴らしてみるが、やはり返事はなかった。ここは一応、店だろうに。念のために腕時計を確認すると、とっくに営業時間に入っている。リュウは不在なのだろうか。他にスタッフはいないのか。

やきもきした凌は、思い切って古めかしい真鍮《しんちゅう》のドアハンドルに手をかけた。

カチャリと微《かす》かな音が鳴る。鍵はかかっていなかった。

恐る恐る重厚な扉を開ける。

「……ごめんください」

ほのかな灯《あか》りに照らされた中はシンと静まり返っていた。

外観も古かったが、内装は更に酷い。広々としたエントランスには豪奢《ごうしゃ》なシャンデリアがあるにもかかわらず、光源はその隣にぶら下がっているみすぼらしい裸電球だった。正面にはゆったりとしたカーブを描く階段がある。しかし、その横の壁には何かが相当な勢いでぶつかっただろう穴がぽっかりと開いていた。

全体的に埃《ほこり》っぽく、立て続けにくしゃみが出てしまう。

本当にここは店なのだろうか。客を迎え入れる姿勢が一切見受けられない。

洟《はな》を啜《すす》って、凌は声を張り上げた。

「あのー、ごめんください。誰かいませんか？」

これで返事がなければ、なかったことにして帰ろう。そう思った矢先、『おやあ？』と、どこからか声が聞こえてきた。

『これはこれは、美しい客人だ』

凌はハッと頭上を見上げた。声が上から降ってきたからだ。

薄闇にじっと目を凝らすと、開け広げた玄関扉のちょうど真上の梁《はり》から何かがぶら下がっているのが見えた。目が慣れて、ぼんやりとした輪郭《りんかく》が徐々にはっきりと浮かび上がってくる。

「――……え？　蝙蝠《こうもり》？」

思わず声を漏《も》らしたその時、バサバサバサッとそれが飛び下りてきた。ぎょっとした凌は咄嗟に頭をかばう。「ひっ」と悲鳴を上げて、一旦外へ逃げようと夕闇に沈んだ庭に目をやった途端、なぜかギーッと音を立てて扉が勝手に閉まってしまった。

「ちょ、え、なな何で？」

ドアハンドルに飛びついて必死に動かすが、扉はびくともしない。背後でパタパタと羽音が聞こえた。――ちょっと待てよ。凌は恐ろしいことに気づく。さっきの男性の声は、あれは誰のものだった？　チラッと確認した頭上は壁と梁と天井しかなく、人間が潜む場所は存在しない。ゾッと背筋に寒気が走り、なりふり構わず拳を叩きつける。

「だ、誰か！」外に向けて声を張り上げた。「誰か通りかかった人、ここを開けて――っ！」

『まあまあ、少し落ち着きたまえ』

またあの声が聞こえてきた。腰に響くテノール。パタパタとすぐ後ろで気配がする。凌は恐る恐る振り返る。そして卒倒しそうになった。蝙蝠がカパッと口を開いて喋ったからだ。

『やあ、やっぱり美人だ』

夢でも見ているのだろうか。もしかして、新しいバージョンの悪夢とか……？

『おっと、失礼。僕としたことが。この姿では君に触れられないじゃないか』

パタパタと羽を動かす蝙蝠が、いきなりポンッと目の前から消えた。と思った直後、そこには黒スーツに身を包んだ青年が立っていたのである。

「――⁉」

もはやパニックだ。

目の前にいるのは、蝙蝠が変身した背の高い美青年。

漆黒の長い襟足《えりあし》を肩まで垂らし、エキゾチックな顔立ちをした彼は、目と口をあんぐりと開けて硬直する凌を眺めて、実に愉快げに微笑《ほほえ》んだ。

「怯《おび》える顔も美しいね。そそられるなあ」

詰め寄ってきた彼が長い指で凌の顎に触れた。掬《すく》うように軽く持ち上げられて、ビクッと震える。

「おやおや、少々肌荒れを起こしている。目の下にもクマができてしまっているね。これは美しくない。すぐにケアしなければ。かわいそうに、どんな悪夢を見たんだい？」

「……っ」

男が顔を近づけてきた。咄嗟に凌は後退る。しかし、背後は開かない扉。逃げ場を失って声にならない悲鳴を上げる。

「安心しなさい。僕が君を救ってあげよう。僕は美しいものにしか興味がないが、君なら喜んで部屋へ招待するよ。君の悪夢に乾杯」

ふうっと耳に息を吹きかけられて、ゾワッと全身に寒気が走った。脳内で赤色灯がくるくる回転し始める。明らかにかかわってはいけない相手だ。部屋に引き摺り込まれたら最後、この蝙蝠男に何をされるかわからない。それこそ命の危険を覚える。

「――い、いえ」

凌は必死に首を左右に振って叫んだ。「けけ結構です、遠慮します！　俺、もう帰るんで、この扉を開けてください。お願いします、俺をここから出してください！　今日見たことは絶対に誰にも言いませんから。俺は、リュウって人に言われてここに来ただけで……」

「リュウに？」

蝙蝠男がさも嫌そうにその名前を繰り返した。直後、うわーんとどこからか子どもの泣き声が聞こえてきた。

邸に響き渡るほどの声で泣き叫びながら、誰かがテテテと広い階段を駆け下りてくる。

その小さな影は、踊り場を急角度でターンすると、何を血迷ったのかまだ床まで十段以上も残っている高さから踏み切った。四肢を広げ、こちら目掛けてビュンッと飛んでくる。

白い塊が眼前に迫る。

びっくりした凌は「うわっ」と声を上げた。

「何の騒ぎだ？　まったくうるさい……もブッ」

タイミング悪く振り返った蝙蝠男の顔面に、もこっと白い塊が直撃する。重量に耐え切れなかったのだろう。「え？　ちょ、ちょっと!?」ぐらっと傾いた蝙蝠男が、白いもこもこと凌に覆い被さってきた。

揃《そろ》って床に倒れ込む。将棋倒しになる寸前で、卑怯《ひきょう》にもポンッと蝙蝠に変身した男がパタパタパタパタと一人飛んで避難する。その結果、仰向《あおむ》けになった凌に直接ぼてっともこもこが圧し掛かってきた。

「――イッタタタ……」

凌はゆっくりと上半身を起こした。視界に白い獣毛《じゅうもう》が入る。最初は犬かと思った。中型犬くらいの大きさ。しかし、それにしては何だかおかしい。ボリュームのあるもこもこの毛は犬というよりはむしろ……。

「ヒツジ？」

蹄《ひづめ》でひっしと凌にしがみつき、子羊がしくしくと泣いているのだ。

「え？　何で、こんなところにヒツジが……？」

『大丈夫ですか？』

その時、頭上から別の声が降ってきた。バサバサと羽音が聞こえて思わずビクッと顔を上げると、どこからともなく白梟《しろふくろう》が飛んできたのである。

ぽかんとする凌の胸元で、子羊がもぞもぞと動いた。

『大丈夫じゃなーい！』

人語で叫んだ次の瞬間、ポンッと小さな男の子の姿に変化したのだ。

「！」

凌は目を丸くした。

腹の上に四、五歳ぐらいの男の子が乗っかっている。ええっ⁉　と信じられない思いで凝視した。蝙蝠に続いて羊まで⁉

なぜか頭に穴の開いた毛糸の帽子を被った彼は、涙でグシャグシャの顔を凌の胸にぐりぐりと押しつけてきた。

「リュウ、助けて！」

ぎゅっと抱きついて叫ぶ。「夢蟲の袋を破っちゃった。わざとじゃないのに、タナカが怖い顔して怒るんだもん。怖いよぅ、ごめんなさいごめんなさいわーん」

めそめそと泣き出し、涙と鼻水を擦《こす》りつけてくる。

もう、何がなんだかわけがわからない。茫然とする凌の頭上で、ハアと苛立《いらだ》ちを滲《にじ》ませたため息が聞こえた。

『まったく、泣いている場合じゃないでしょう』

呆れたように言った白梟までが、ポンッとロマンスグレーの老紳士に変化する。

「メメ、さっさとその袋を補修しなさい。とにかく早く逃がした夢蟲を捕まえなければ。今

頃、あの部屋は大変なことになっていますよ！」

メメと呼ばれた男の子が「リュウ…っ」と、助けを求めるように一層しがみついてくる。もはや完全な人違いだ。

「いやあの、俺は……」

「リュウも手伝って下さい」

訂正する前に、タキシード姿の老紳士に遮られた。

「夢蟲が脱走しました。部屋の鍵はかけてきましたが、せっかく封じた夢を撒《ま》き散らしています。早く回収しないと、面倒なことになりますよ。私は眼鏡《めがね》が割れてよく見えませんのでよろしくお願いします」

確かに、彼の眼鏡は右のレンズが罅割れて、左はフレームしか残っていない。凌をリュウと誤認して、「さあ、早く」と腕を摑んで引っ張ってくる。背筋はシャンとしているが、見た目通りの年齢なら七十手前ぐらいだろう。だが年に似つかわしくないほどの腕力だ。

メメをくっつけたまま、凌は強引に立たされた。さすがに焦って急いで否定する。

「ちょ、ちょっと待って。勘違いしてますって、俺はリュウって人じゃないですから」

その名前の人物なら、自分も探していたところだ。

そう伝えると、不審そうに目を眇めた老紳士がズイッと顔を近づけてきた。

「……おや、本当だ。リュウではありませんね。どちらさま？」

問われたその時、階上から「うわあっ！」と、第四の悲鳴が響き渡った。

ハッと振り仰ぐと、吹き抜けになった二階の手すりから誰かが身を乗り出すようにして叫んでいる。

「お前ら、何やってんだ！　蟲がブンブン飛び回ってるぞ」

リュウだった。怒号に反応した老紳士が「ああ、あんなところにいましたか」と、割れた眼鏡を押し上げて言った。メメもようやく人違いに気づいたらしく、涙目をぱしぱしと瞬《しばた》かせながら凌とリュウを交互に見やる。

「タナカさんもメメも、早く上がって来い！」

我に返った二人があたふたと走り出した。メメに「こっち」と手を引かれて、なぜか凌までもがわけもわからず階段を駆け上る羽目になる。

東西に延びる廊下の東側。突き当たりの部屋の前でリュウが険しい顔をして待っていた。

「メメ、袋はどうした」

ギクリとしたメメが、慌てて自分の頭から破れた袋をスポンと引き抜いた。無言で事情を察したリュウが、「二分で修復しろ」と低く命じる。

「に、二分⁉」

メメが短いよーと嘆いた。しかしリュウはまったく取り合わず、虫取り網を肩に担いで歩き出す。

「いいか、二分だぞ。俺が合図したらすぐに袋を渡せよ」

そう言い残して、スペアの眼鏡に交換したタナカと二人で部屋に入っていってしまう。

一方、廊下に取り残されたメメはあわあわとしながら、どこからともなく編み棒を取り出した。そして、再びポンッと羊の姿に変化すると、自分の毛を一摑み引っ張って破れた袋の穴を修復し始めたのだ。しかし、焦っているせいかなかなか上手くいかない。もたつく子羊の手元を傍で見守りながら、なぜか凌までドキドキしてしまう。

『あぁっ』

蹄が滑って、弾《はじ》かれた編み棒が廊下の絨毯《じゅうたん》の上を転がった。反射的に腰を上げた凌は編み棒を追い駆ける。拾ってメメに差し出した。

『ふえっ……えぐ、じ、時間がないよー』

「落ち着いて。そこの編み目からだよ」

涙目になりながらもせっせと蹄を動かすメメを凌は横から励ます。どうやって蹄を動かしているのか知らないが、手つき自体は悪くない。むしろかなり器用だ。しかし、極度のプレッシャーで思うように進まないのだろう。また編み棒が転がり落ちる。このままでは約束の二分以内に修復は不可能だ。必死に頑張る子羊に同情し、凌はたまらず申し出た。

「俺が代わろうか?」

『え?』

潤んだつぶらな瞳がきょとんと凌を見つめてきた。何だか妙に庇護欲をそそられる。

あまりに非現実的な出来事が重なって、脳が麻痺《まひ》してしまったのかもしれない。喋る子羊が編み物をしていても、すでに何も思わなくなっていた。それよりも、今は袋の修復だ。

「編み物は結構得意だから。あ、でも、これって俺が編んでも大丈夫なのかな？」

ぽかんとしたメメがこくこくと頷いた。『僕の毛で編めば、誰が作っても大丈夫』

「わかった。この穴を塞《ふさ》げばいいんだよな？」

編み棒を受け取って、指先に意識を集中させる。黙々と手を動かし一気に仕上げた。

「できた！」

ほぼ同じタイミングで部屋のドアが開いた。

「おい、袋を寄越せ！」

凌は完成したばかりの袋をリュウに手渡す。手で口を絞って塞いだ虫取り網の中では、蛾《が》に似た金色の蟲がパタパタと暴れていた。

これが夢蟲――？

唐突に記憶が蘇る。やはり一週間ほど前、人込みを歩きながらこれと同じ蟲を見かけた気がする。大きさはもっと小さかったはずだが、金色に緑色の紋様が珍しくて目に留まったのだ。

蟲に刺された後に強烈な痒みを伴ったので、てっきり蚊だとばかり思っていた。しかし、あれはこいつの仲間だったのではないか。悪夢を見始めるようになった時期と蟲を目撃した日が一致していることから、そうとしか考えられなくなる。

リュウが慣れた手つきで夢蟲を網から取り出し、袋に移し替えた。

その動作をじっと見つめながら、凌は昨夜彼と交わした会話を思い返していた。どくどくと動悸が激しくなる。彼の言葉に信憑性《しんぴょうせい》が増す。

この人に頼めば、本当に悪夢を祓ってもらえるかもしれない——。

つい数時間前までは、胡散臭い抱きつき魔のヘンタイだと蔑《さげす》んでいたのに、現金にも期待に胸を膨らませてしまう自分がいた。

ふいにリュウがこちらを向いた。

思わずドキッとする。

「ようやく来たか」

彼は夢蟲を封じた袋をぜいぜいと息を切らして座り込んでいるタナカに渡し、凌のもとへ歩み寄ってきた。

「遅すぎだ。待ちくたびれたぞ」

ジロッと軽く睨《にら》みつけられる。何だかんだ言って、結局は凌がここを訪ねてくることが最初からわかっていたような口ぶりだった。

不思議な引力のある目に見つめられて、凌はいたたまれずに視線を逸らした。自分の意思で動いているつもりが、いつの間にか手のひらの上で転がされていたような、そんな居心地の悪さ。昨日は殴ってまでして逃げたくせに、やっぱり思い直して、のこのこと彼を頼ってきた自分が恥ずかしい。今は医者よりも彼を信用したいと思っていることも。

若干の後ろめたさを抱えつつ、凌はぼそっと言い訳をした。

「……でも、営業時間は夕方からになってたし」

むしろ、開店早々に駆け込んだといってもいいくらいだ。

切れ長の目を軽く瞠ったリュウが、「ああ」と瞬いた。

「お前は特別なんだから、時間なんて気にしなくてもよかったのに。ちゃんと説明しておけばよかったな。そうか、待たせてしまって悪かった」

済まなそうに謝られて、凌は面食らった。

「い、いや、ううん。それは別に、大丈夫だから」

午前中はバタバタしていたし、午後からは内科で診察を受けていた。いくらいつでもいいと言われても、結局はこの時間になっていただろう。

ふと視線を感じて伏せた顔を上げると、じっと見つめてくるリュウと目が合った。

「な、何?」

焦って挙動不審になる。リュウは端整な顔を険しく歪めて、言った。

「昨日よりも悪夢の密度がだいぶ濃くなっている。ゆうべもまともに眠れなかっただろ。俺と接触したことで、夢蟲に刺激を与えてしまったのかもしれないな。これまで以上に酷い夢を見たんじゃないか？」

「……っ」

図星を指されてギクリとした。

「――…やっぱり、あんたにはわかるんだ？」

「そりゃまあ、これが仕事だからな」

リュウがどこか皮肉めいた笑みを浮かべる。

「せっかく来てくれたのに、騒ぎに巻き込んで悪かったな。俺の方は、昨日凌と出会ったおかげで今日は胃もたれや胸焼けに悩まされずに済んだから、体調は万全だ。こんなところで話すのもなんだし、部屋に案内する……」

「わーん、リュウも手伝ってよー！」

部屋の中からメメの声がした。リュウたちと入れ代わりに室内へ消えていった彼が、バターンッと豪快にドアを開けて飛び出してくる。虫取り網を持って泣きついてきた。

「夢蟲が撒き散らした燐粉《りんぷん》が多すぎるよー、一緒に捕まえて！」

「ああ？」リュウが右の眉をピクッと撥ね上げた。「お前が逃がすからだろ」

「逃がしたくて逃がしたわけじゃないのにー」

文句を言い合う二人の後に凌もついていき、首を伸ばして部屋を覗く。そして目を丸くした。広い室内のあちこちで色とりどりの端切れがふよふよと宙に浮いていたからだ。

「なっ、何これ」

「夢蟲の燐粉——悪夢の欠片《かけら》だよ」

リュウが教えてくれた。「夢蟲はターゲットの人間に取り憑くと、悪夢を見せて対象者を怯えさせ、生み出された恐怖を吸い取って自らのエネルギーに変換しているんだ。吸われた人間は徐々に気力も体力も低下していき、最悪、命の危険にもかかわる。その前に、夢蟲の方から適当なところで弱った宿主を捨てて、健康な宿主に乗り換えることが多いけどな」

あいつらはこういった悪夢の欠片を人間に植えつけるんだよと、宙に浮かぶ端切れの一枚を素手で掴んだ。ショッキングピンクの布。眇めた目でそれを見たリュウが、「これは淫夢《いんむ》だな」と独りごちる。

「い、淫夢？」

「エロい夢も度を越せば恐怖に変わるってことだ。一番エネルギー率の高い精力を吸い取られた人間はすぐに弱るぞ。お前の夢はソッチ系じゃないだろうな？」

問われて、凌は慌ててかぶりを振った。

脱走した夢蟲が暴れて撒き散らした悪夢の欠片は、すべて回収しなくてはいけない。ばらばらになったそれらをきちんと繋ぎ合わせなければ捕獲完了にならないそうだ。夢蟲と悪夢でワンセット。これも商売のうちで、捕らえた夢蟲はある特殊ルートで買い取ってもらえるのだという。

凌はへえと話を聞きながら、まだどこか夢を見ているような気分だった。すでに常識の度を遥《はる》かに超えている。いちいち疑っていてはきりがないので、あえて何も考えなかった。

部屋中に漂っている端切れをみんなで追い駆けて、何とかすべてを回収する。縫い合わせるのは、やはりメメの仕事だった。

『仕事が多くて眠る暇もないよー』

しくしくと悲しむメメに、リュウは「お前が破るからだろうが」と容赦ない。

『リュウがここに来る前はもっとのんびりしてたのにー、働きすぎて倒れちゃうよー』

蹄で床をバンバン叩きながら抗議する子羊が気の毒になって、凌はもこもこの毛を撫でながら「俺も手伝うから、頑張ろう」と励ました。端切れのままで放置しておくと、別の夢蟲にくっついたり、分解した粒子が空気と混ざって外部に漏れ出したりして、人間に更なる悪影響を及ぼす可能性があるらしい。

『……ありがとう』

メメが洟を啜って言った。『リュウはキライだけど、お兄さんはスキ』

ぎゅっと抱きつかれて、不覚にもキュンとしてしまった。仕事上、子どもや動物と触れ合う機会も多いのだが、特に今の弱った自分の心はこのもこもこにほっこりと癒やされる。また、リュウと再会して、これで悪夢の件も何とかなりそうだと油断していた。

「よし、急いで縫い合わせてしまおう」

コクンと頷いたメメが、もこもこの毛の中を蹄でさぐっていそいそと道具を取り出した。

『はい、お兄さん』と差し出してくる。

てっきりまた編み棒を渡されるのだと思い込んでいた。

しかし、メメが持っていたのは針山。饅頭《まんじゅう》のようなそれに銀色の針がたくさん突き刺さっているのを見た瞬間、激しい動悸に襲われる。

マズイ――全身から血の気が引いていくのが自分でもわかった。脂汗が滲み出し、ハッハッと呼吸が乱れる。脳裏に蘇る悪夢のフラッシュバック。

メメが針を一本引き抜く。親切に凌の手を取って、そっと針を乗せてくれる。尖《とが》った先端がキラッと光った。

「――！」

ざあっと一気に血が下がる。

『お、お兄さん？』

「凌？　おい、どうした！」

目の前が真っ暗になって、記憶が途切れた。

■3■

真っ赤な炎が襲いかかってくる。

縺《もつ》れそうになる足を必死に動かしてとにかく逃げた。

四方は無機質な高い壁に囲まれ、まるで巨大な迷路だ。どこをどう走っているのかわからなくなる。突然、目の前が壁で塞がれた。

「行き止まり？　──クソッ」

凌は慌てて引き返す。角を曲がった瞬間、後方から炎が巻き上げてきた。人間のように手足が伸びた燃え盛る炎。大きな口を開けて迫りくる。

転がるようにして逃げる。すると、シュッと鼻先を何かが掠《かす》めた。左の壁に突き刺さる刃物。右の小路から包帯をぐるぐる巻きにした大男が右手に包丁、左手にナイフを持ってニタニタと笑っている。腕を振りかぶり、凌に向けて投げてきた。

「ひっ」

四つん這いになりながら、向かい側の壁に逃げ込んだ。ズズッと地面が動く。両脇の壁が凌を挟み込むようにして押し寄せる。よく見ると、壁には無数の針。挟まれたら一瞬で蜂《はち》の巣だ。早く逃げないと──そう頭では思うのに、束になって襲ってくる尖った先端を見た瞬間、体が石のように固まってしまった。動けない。ごおっと頭上から炎の天井が落ちてきた。後方から包帯男がナイフを構えて狙っている。ダメだ。逃げ場がない。――いつもならここで悲鳴を上げて飛び起きる場面。しかし、今回はその続きがあった。

「凌！」

誰かに呼ばれた。

ハッと顔を上げると、細くなった道の先で誰かが手を振っていた。

「凌、早くこっちに来い！」

パンッと金縛りが解けたように体が動き始めた。腰が抜けてぺったりと地面についていた尻を上げて、死に物狂いで走り出す。

両手を広げて待っているその人のもとへ飛び込んだ。

「よく頑張ったな。もう大丈夫だ」

凌を受け止めた彼が優しく耳元で囁いた。ぎゅっと抱きしめられて、助かったのだとホッとする。顔を上げて、ようやくその相手が誰なのか知った。

「……リュウ？」

目が合った彼はふっと頬を弛《ゆる》める。こっちが赤面するほど甘ったるく微笑んだ色男がゆっくりと顔を寄せてきた。

「ん……んんっ」

唇を塞がれる。本当なら仰天して、目の前の男を突き飛ばしているところだろう。だが、その時の湊はあたかもそうすることが当たり前のように、何の疑いもなくリュウの口づけを受け入れていた。

「……ふ、んぅ」

キスが深まると、荒れ狂っていた炎が消えた。続いて包帯男が消え、針の壁も消失する。すべて幻《まぼろし》だったかのように何もかもが消え去り、辺りは真っ白になった。

ふわっと全身から力が抜けたように軽くなる。

キスはまだ続いていた。リュウの舌に口腔《こうこう》をまさぐられて、湊は甘く喘《あえ》ぐ。粘膜を舐《な》め溶かされ、内側からとろとろにとろかされていくようだ。こんな経験は初めてで、あまりの気持ちよさにすべてを彼に委《ゆだ》ねてしまいたくなる。

もっと欲しいと自らも舌を差し出して、貪《むさぼ》るように絡め合う——。

ハッと唐突に覚醒が訪れて、湊は目を開けた。

瞬《またた》いた視界に見覚えのない天窓が入って、一瞬困惑する。

ここはどこだ？　自分は寝ていたのか？　しかも何だかとんでもない夢を見た気がする。

「……っ、うっわ、何つー恥ずかしい夢を見てるんだよ」

思い出すのも憚《はばか》るような内容で、凌は思わずきつく目を閉じた。首筋からカアッと上ってきた熱を冷ますように、ひんやりとしたベッドのシーツに頬を押し付ける。

ふと腰の辺りに重みを感じて、我に返った。

「何だ……？」

上掛けの中を覗こうとしたその時、ぐっと腰を抱き寄せられた。背中にぴたっと温かい人肌が押し当てられる。

ぎょっとして、恐る恐る振り返った。

「大きな独り言だな」

くすりと笑って聞き覚えのある声が言った。

「どんな夢を見たのか、俺にも教えてくれよ」

「——!?」

凌は飛び起きた。

隣に寝ていたのはリュウだった。

更に、上掛けを撥ね除《の》けた自分が何も身につけてないことに気づいてますます動揺する。激しく狼狽《ろうばい》する凌を興味深そうに見上げているリュウも、なぜか素っ裸。慌ててブランケットを引っ張って、腰に巻きつけながらベッドから転がり落ちた。

「な、なな何やってんだよ、あんた……！」

「何って」のっそりと起き上がったリュウが、ベッドの上に胡坐《あぐら》を掻いて答えた。「お前が急に倒れるから、この部屋に運んだんだよ。気分はどうだ？」

問われて、凌は思わず押し黙る。記憶は鮮明で、どこで途切れたのかも覚えていた。繰り返し見る悪夢のおかげで、どこからが夢の始まりだったのかもおおよその見当がつく。ということは、それ以前の出来事はすべて現実に起こったことだと解釈すべきだろう。

「……大丈夫。俺、貧血で倒れたのか」

しばらく横になっていたからか、体調は悪くなかった。むしろ妙にすっきりしている。

リュウがニッと唇の端を引き上げてみせた。綺麗に割れた腹筋に目が留まり、更にその下まで見えそうになって、咄嗟に視線を逸らす。

「というか、何で全裸なんだよ」

ブランケットに包《くる》まって、床からベッドを睨み上げた。

「あんたまで一緒に寝ている意味がわかんないんだけど。しかもさっき、だっ、抱きついてきただろ。やっぱりヘンタイ……」

「酷い言われようだな」

無防備な格好で頬杖《ほおづえ》をつき、リュウがやれやれと嘆息《たんそく》した。

「お前に取り憑いていた夢蟲を祓ってやったってのに」

「え？」

凌は目をぱちくりとさせる。リュウがニヤリと人の悪い笑みを浮かべて、先ほどと同じ質問を繰り返した。

「気分はどうだ？」

ハッとした。質問の意図をようやく理解する。この一週間、寝たか寝てないのかわからないような状態が続いていたのだ。起き上がると決まって頭が重く、全身がだるくて仕方なかった。しかし、今はまったくその症状がない。頭はすっきりとして、体も軽い。

「あ……すごく、いいかも」

自分の体調を確認して、凌は信じられない気持ちでリュウを見つめた。

そういえばと思い出す。連日悩まされ続けた悪夢が、今回だけは違っていた。いつもとは明らかに異なる結末を迎えて、多少やましいことはあったが、久々に穏やかな目覚めを体験した気がする。彼が夢を操作してくれたのだろうか。

「そりゃよかったな。俺もいつになく調子がいい」

リュウが自分の腹をさすって言った。

「毎回この仕事の後は、腹がグルグル鳴るわ、眩暈はするわで最悪なんだよ。体調不良で翌日は使いものにならねーし。それが今回は胸焼けも胃もたれもない。お前とぴったり肌を合わせていたおかげですっきり快腸だ」

肌をぴったり、だと……？

聞き捨てならない言葉に思わず顔を引き攣らせると、彼が神妙な面持ちで続けた。

「昨日も驚いたんだが、どういうわけか、お前とくっついていると体に溜まった毒素が浄化されるみたいなんだよ。今までいろんな人間の悪夢を祓ってきたけど、こんな感覚は初めてだ。お前は一般人だし、おそらく相性的なものだとは思うんだが。まあ、その話は後で詳しくするとして」

おもむろにベッドから下りる。椅子に畳んで置いてあった凌の衣類を放って寄越した。彼も自分のカットソーを手に取る。

「お前、針が怖かったんだろ?」

袖に腕を通しながらチラッとこちらを見やった。

「もう平気になってるはずだぞ。試してみるか?」

「え?」凌はきょとんとした。「試すって、何を」

ついてこいとリュウが部屋を出る。凌も急いで服を着て後を追った。

長い廊下の窓の外は、すっかり夜の帳《とばり》が下りていた。

腕時計を確認すると、もう少しで九時になる頃だった。凌が眠っていたのは二時間程度らしい。随分とぐっすり眠った気分だったので、夜が明けてなくて内心ほっとする。

先ほどの部屋はリュウの私室だそうだ。西側の塔屋の二階。そこから本館に戻って階段を下り、連れてこられたのは東の広間だった。

両開きのドアを開けると、床にカラフルなパッチワークが広がっていた。

その中心でしくしくと子羊が泣いている。

『眠いよー、目がシパシパするよー』

泣き言を漏らしながら、チクチクと針仕事をしているのはメメだった。傍にはタナカもいて一緒に手伝っているようだったが、こちらはすでにうつらうつらと舟を漕《こ》いでいる。蝙蝠男は最初に玄関で会ってから見かけていない。

リュウが呆れたような眼差しを向けて言った。

「まだ九時だぞ。お前、今日は昼までごろごろと惰眠を貪っていただろうが」

『子どもはもうおねむの時間なんだってば』

部屋に入ってきたリュウを睨みつけて、メメがぷうっと頬を膨らませる。

「都合のいい時ばかり子どもを主張するな。普段は子ども扱いすると怒るくせに」

『大体、昨日だってリュウが夜遅くまでチクチクやらせるから、体内時計が狂っちゃってるんだ』

「自業自得だろ。お前の仕事が雑だから袋のあちこちに穴が開くんだよ。今日だって、袋が破れて夢蟲が逃げ出さなかったら、今頃はもう布団の中にいられたんだぞ」

『うっ』と、メメが言葉を詰まらせる。反論の言葉が思いつかなかったのか、悔しそうに蹄で床をバシバシ叩いていた。

「おい、ちょっとその針を貸せ」

リュウが手を差し出した。メメはムスッとしたままそこに蹄を乗せる。「イテッ」と、リュウが声を上げた。「このバカヒツジ、刺すんじゃねえよ」

メメがツンとそっぽを向く。

顔を顰《しか》めたリュウが、「ほら」と凌に自分の手のひらを見せてきた。

そこには一本の銀色の針があった。ごく普通の縫い針。思わずビクッとする。尖った先端を見た瞬間、条件反射のように息を呑む。

「大丈夫だ」リュウが言った。「もうお前の悪夢はすべて俺が取り祓った。だから安心しろ。以前のようにお前は針を使える。怖がらなくてもいい。ほら、持ってみろよ」

差し出された手のひらを見つめて、凌は怖気《おじけ》づく。一瞬、焦点がぶれる。眩暈を恐れて、逃げるように顔を撥ね上げた。リュウと視線を交わし、凌はどうしていいのかわからない。

リュウが無言で頷いた。

凌は恐る恐る俯き、視界に針を捉える。心臓がどくどく鳴っているのがわかる。だが、以前のような気分の悪さではないことに気づく。フラッシュバックも起こらない。

本当に、大丈夫なのだろうか——凌は意を決して、そろりと指を伸ばした。微かに震える指先で細い針を摘《つま》む。

「……？　あ」

凌は目を瞠った。「大丈夫、かも……」

「そうだろ？」と、リュウが満足そうに笑う。その顔を見た途端、どういうわけか自然と指の震えが止まった。そわそわしだす凌に、彼が先ほど回収した端切れの一枚を渡してくる。顎をしゃくって促されて、凌は頷いた。

ふうと一つ深呼吸をして、針を持ち直す。すでに動悸は治まっていた。今までこの小さな針が怖くて怖くてたまらなかったのが嘘のようだ。ゆっくりと端切れに針を刺し、落ち着いて手を動かす。徐々に感覚を取り戻し、チクチクとスピードを上げてゆく。

ぽかんとするメメと興味津々のリュウに見守られながら、あっという間に残りの端切れをすべて繋ぎ合わせてしまった。

『す、すごい！』

完成したパッチワークを眺めて、メメが丸い目を更に丸くした。

『タナカ、タナカ見て！　すごいよ、もうできちゃった！』

完全に落ちていたタナカを蹄でドスドスと叩き起こし、子羊が小躍りし始める。

「あのさ」

凌はリュウに訊ねた。「裁縫の他にも、怖いものがあったんだけど……」

「ああ」彼が訳知り顔で頷く。「刃物と火だったか。そっちも試してみるか？」

案内されたのは台所だった。設備は古いが十分に使えるし、とにかく広い。邸の大きさからして、専属のシェフを雇っていても不思議ではなかったが、他に住人はいないようだ。

蝙蝠に羊に梟。それにリュウ。

ここで共同生活を送っている彼らは、一体どういう繋がりなのだろうか。

さすがにもう凌も、目の前の人外について、逃避したり否定したりする気はない。唯一、リュウだけがまともな人間に思えるけれど、油断は禁物だ。意識を失った男を裸に剝《む》いてベッドに連れ込んだあげく、自らも素っ裸になって抱きついては、「気持ちいい」とうっとりするヘンタイさんである。

「調理器具はこっちの棚の中だ。冷蔵庫の中身も好きに使ってもらって構わない」

あちこち荒《すさ》んだ邸内でも、台所は比較的片付いていた。洗い物も溜まっていない。ごく最近に使った形跡があるので、住人の中に誰か料理をする者がいるのだろう。

凌は恐る恐る包丁を手に取った。——大丈夫だ。ガスコンロの火をつけてみる。ゆらゆらと揺れる炎を前にしても、冷や汗は出てこない。心音も安定している。——大丈夫。じわりと感動して喜びが込み上げてきた。本当に悪夢のトラウマを克服したのだ。

「……ふふ、ははっ、あははっ」

久しぶりに料理が楽しくて仕方ない。ダンスのステップを踏むみたいに体が軽やかに動くことに幸せを噛み締め、笑いが止まらなかった。

『ねえ、リュウ。あの人、本当に大丈夫？　包丁を握って笑ってるよ』

「放っておいてやれ。ようやく悪夢から解放されたんだ。嬉しくてしょうがないんだろ」

台所の入り口でメメが怯えていたと教えられたのは、料理が完成した後だった。

「ちょっと調子に乗って作りすぎたかも」

隣の食堂に移動して、ダイニングテーブルに皿を並べる。男の子の姿に戻ったメメが「うわあ」と目を輝かせた。タナカもほうと感心したように眺めている。匂いにつられて、姿を消していた蝙蝠男までやってきた。

時刻はとっくに十時を回っていたが、ぎゅるるるとメメの腹の虫を合図に、全員ががっつきはじめる。

「人間の食べ物ってこんなにおいしかったんだ……！」

リスのように頰を膨らませたメメがぱあっと恍惚の表情を浮かべた。

「確かに」とタナカが大きく頷き、ホストみたいな蝙蝠男——通称キングが「リュウの作る食事は、まるで拷問のようだからね。筆舌に尽くしがたいマズさだよ」と、ワイングラスを傾けながら高笑いする。

リュウがこめかみを引き攣らせて「うるせえよ」と言った。

「この家の料理担当って、あんただったんだ」

意外に思って対面を見やる。黙々と皿の料理を口に運んでいたリュウが顔を上げた。てっきり台所を仕切っているのはタナカだと思っていたのだ。

「道具や食器がきちんと片付いてたから。誰かが毎日使ってるんだなとは思ったんだけど」

「……ああ、まあな」

香辛料を効かせたスパイシーなスペアリブにかぶりつきながら、リュウが頷く。

「もっとも、俺の料理はあいつらには不評だけど。まあ、自分でもマズイのはわかってるし」

「え、そんなにマズイの？」

骨までしゃぶったリュウが「激マズ」と自虐的に笑った。

「お前はなかなかいい腕を持ってるよな。ここにある料理の全部が美味《うま》い。あの短時間に一人で作ったとはとても思えない手際のよさだ」

予想外に褒められて、凌は少し嬉しくなる。

「えっと、俺。一応、家政夫をやってるから。家事は一通りできるんだよ」

「へえ、どうりで裁縫も器用にこなしてたわけだ。だったらなおさら、今回の悪夢には悩まされただろ。仕事に影響は？　上手く誤魔化《ごまか》せていたのか」

「いや、すでに失敗して――…今、休職中」

正直に明かすと、一瞬リュウが面食らったような顔をしてみせた。

「……そうか。それは辛かったな」

予想外の言葉が返ってきて、今度は凌が戸惑う。同情してくれたらしい。時々理解不能な言動を取るが、思っていたよりも案外とまともな思考の持ち主なのかもしれない。

「あ、でも。こうやって、夢蟲？　を祓ってもらったことだし。すぐに職場復帰できると思う。本当にありがとうございました」

遅れ馳《ば》せながら、凌は心の底からの感謝を伝えた。もう今夜から悪夢に怯えなくてもいいのだ。ぐっすり眠れることを思うと、本当に嬉しくて仕方ない。怖かった針や包丁、火の扱いも、当たり前のように使いこなしていたそれまでの自分に戻った。もう何も怖いものはない。明日になったら、さっそく社長に連絡しようと考えたその時だった。

「残念だが、職場復帰は難しいだろうな」

「え？」

思わず訊き返した。リュウがテーブルに肘《ひじ》をつき、ちらっと上目遣いに凌を見てくる。

「まだ、悪夢祓いの対価をもらっていない」

「――ああ」

何だ、そういう意味か。凌は頬を弛ませた。「それなら大丈夫。休職中といっても、貯金がまったくないわけじゃないから。えっと、急に思い立ってここに来たから、手持ちのお金じゃ足りないかもしれないけど。足りなかったら、銀行振り込みでお願いできますか」

「いただくのは金じゃない」

布巾で手を拭いたリュウが、「タナカさん」と声をかけた。

「こいつの対価って何だったっけ？」

メメの汚れた口元をナプキンで拭いていたタナカが、人差し指で眼鏡のブリッジを押し上げる。「ちょっと待っていて下さいね」と一旦席を外した。まもなくして戻ってきた彼の手には、大きな水晶玉がのっていた。それをじっとタナカが覗き込む。

「織原凌、二十四歳。職業は家事代行業者【ライフサポート　きらり】で働く家政夫……」

真剣な顔で個人情報を暴露し始めたのだ。

「ちょ、ちょっと」凌は焦った。「何で仕事先まで知ってるんだよ。俺、社名なんて一言も喋ってない……」

「おやおや、これは困りましたね」

凌の声を無視して、タナカが眉間《みけん》に皺《しわ》を寄せる。

「悪夢を引き受けた対価が出ました。織原さんに要求する対価は――家事能力」

「は？」

「俺もさっき確認したんだが、やっぱり見間違いじゃなかったな」

リュウが水のグラスに口をつけて言った。「悪魔祓いの対価は、相手によって異なる。それを決めるのがその水晶玉だ。お前の場合は家事の技術らしいぞ。残念だったな。せっかくトラウマもなくなって、こんな美味いものを作れるようになったのに」

「え」凌はぽかんとなる。「ちょっと待ってよ。全然、意味がわからないんだけど」

「今言った通りだ。対価は水晶玉に映し出される。俺たちはその通りにお前から対価をいただく。タダでここから帰すわけにはいかないんだよ」

リュウが軽く肩を竦めて答えた。「仕方ないだろ。水晶が決めたことなんだから」

「いや、仕方ないじゃなくて」

そこで初めてことの重大さに気づいた。常識が通用しない彼らだ。冗談を言っている雰囲気でもない。

「家事能力がなくなったら、俺どうすればいいんだよ。仕事に戻れないんだけど。それは困るんだってば。対価って、お金じゃダメなの？　それか何か別のものに替えて下さいよ」

身を乗り出して食い下がると、リュウがチラッと目線だけを上げて言った。

「無理だな」

「何で⁉」

「そもそも、このルールは先代が決めたことだ」

「先代？」と、凌が鸚鵡《おうむ》返しに繰り返すと、リュウがフォークの先を向けてきた。

「この商売を始めたヒトだよ。俺たちはそれに従っているだけで、逆らうことはできない。というか、どうすることもできないんだ。お前がこの邸を出た時点で契約は成立し、対価が支払われることになる。包丁も火も針も恐いと思うことはないが、その代わり恐ろしく不器用になるぞ。俺みたいにクソマズイ料理ばかりが出来上がる。どんなに頑張っても、やればやるほど下手になるんだ。家政夫としては致命的だな」

凌はざあっと青褪《あおざ》めた。

「せ、先代は、今どこに？」

「さあ？」リュウが首を捻った。「俺がここに来た時には、すでに代替わりしていたからな。今はその孫が邸の当主だ。この仕事も奴が引き継いでいる」

「だったら、そのお孫さんっていうのは？」

「逃げた」

「え？」

「俺に自分の役目を押し付けて、ここから出て行ったんだよ。それ以来、行方《ゆくえ》不明だ」

「――！」

もともと惚《ほ》れっぽい性格の二代目は、とある人間に恋をしてしまった。恋煩《こいわずら》いで仕事も手につかなかったところに客として訪ねてきたのが、リュウだったのだ。彼は不運にも、入れ代わりを企《たくら》んだ当主の格好の餌食《えじき》となり――今に至るというわけだ。

「俺も被害者だ」と、リュウが諦《あきら》めた声を聞かせた。

「そんな……」

凌はがっくりと項垂れる。「俺はどうしたらいいんだよ。来月には同居人も部屋を出るし、俺も引っ越さなきゃいけないのに。仕事だって、復帰の見込みがないならクビだよ。あー、ヤバイ。就職活動しないと……」

切実な問題が押し寄せてきて、凌は頭を抱えた。何より、自分にとって天職だと思っていた家政夫の仕事に戻れないことが一番のショックだった。人に喜んでもらうことで遣り甲斐を感じ、生き甲斐としてきた仕事だ。自分を見失ってしまいそうになる。

黙って聞いていたリュウがふいに口を開いた。

「――一つ、提案があるんだが」

僅かに逡巡《しゅんじゅん》して、言った。

「しばらくうちで働くというのはどうだ？　部屋ならいくらでも余ってるから、住む場所に困っているならとりあえずここに越してくればいい」

突然の提案に、凌はきょとんとなった。

「この邸は先代のテリトリーだから、ここにいる間はお前の家事能力は健在だ。二代目から聞いた話によると、そもそも水晶に映し出される対価というのは先代の気紛《きまぐ》れで決まるらしい。人間の所有物に興味があったようだから、その時々に気に入ったものと交換して、蒐《しゅう》集《しゅう》していたんだそうだ。今でも先代の意思を引き継いでいるその水晶が、悪夢の大きさに相当する対価を対象者の持ち物や能力から選び出す仕組みになってるんだとさ」

リュウがテーブルに両肘をつき、僅かに声を低めて「だけど」と続けた。

「後を引き継いだ二代目は、水晶が選んだ対価についてそこまで興味を持っていない。交渉によっては奪われた対価が戻ってくる可能性もある。俺がここにいるのはそのためだ」

凌は眉根を寄せた。真向かいの彼を食い入るように見つめる。

「二代目の留守を預かる代わりに、奪われた対価を返してもらう。俺が夢蟲を百匹捕獲したら奴は恋の成就にかかわらずここに戻ってくる約束だ。それで俺は晴れてお役御免。この邸からも解放される。そうしたら、お前の対価も返してもらえるよう一緒に交渉してやるよ」

「本当に？」

思わず腰を浮かせる。前のめりになり、危うくグラスを倒してしまうところだった。

「ああ」リュウが頷く。「その代わり、協力しろよ。二代目を早く連れ戻すためには、人間に取り憑いた夢蟲をせっせと喰って祓わないといけないんだ。ところが、仕事をすればするほど、なぜか俺の体は消化不良で腹を下すという悪循環に陥っている」

「……そういえば、そんなこと言ってたっけ。昨日も相当具合が悪そうだったもんな」

「そこでさっきの、お前にくっついていると気分がすこぶる良いという話に戻るんだが」

吸い込まれそうな漆黒の瞳に見つめられて、凌は不本意ながらドキッとしてしまった。

「お前みたいな奴に出会ったのは初めてだ。お前が傍にいてくれれば、俺はいちいち寝込まなくても済むはずなんだよ。理由ははっきりとしないが、昨日と今日でお前の体と俺の体調回復に何らかの関係があることは証明済みだ。つまり、今まで一日働いて二日寝込んでいたところが、三日連続で働けるというわけだ。お前だって、俺がさっさとノルマを達成すればその分早く対価を取り戻せるんだぞ。せっかく復活した家事能力を、外で思う存分に発揮したいだろ？　仕事だって復帰できる」

そう言われてしまえば、凌は頷く他なかった。もとより選択の余地はないのだ。突拍子《とっぴょうし》がない話は正直なところあやふやな部分も多々あったが、凌が元の平穏な生活を取り戻すためにはリュウに協力せざるをえないということだけは理解できた。彼の言う体調回復とは、昨日のあれだ。少しの間、弱った彼に抱きつかれるのを我慢すればいいだけのこと。

「――わかったよ」

凌は了承する。「俺にできることなら協力する」

対面で、リュウがニヤッと唇を引き上げた。

「よし、交渉成立。よろしくな、俺の大事な整腸剤」

テーブル越しにリュウが右手を差し出してくる。

「……その言い方は本気でやめてほしいんだけど」

凌は心の底から嫌そうな顔をしてみせて、彼の手を握り返した。

■4■

凌同様、悪夢に取り憑かれて日常生活もままならず、藁《わら》をも摑む思いで助けを求めたのが【祓い屋　眠々】をリュウが訪ねたのは、今から半年ほど前のことである。

祓い屋家業を受け継いだ貘《ばく》の一族である――二代目だった。

リュウ自身も後から知ることになるのだが、二代目はとにかく惚れっぽい男だった。

女でも男でも、すぐに胸をキュンと高鳴らせる恋愛至上主義男で、貘の能力で言えばその道で五本の指に入る先代の祖父に認められるほど優秀だが、何せ当の本人にいま一つやる気が見られない。家業を引き継いだはいいものの、好みの人間を見つけると、仕事そっちのけで自分が恋の病に取り憑かれてしまう困った当主だった。

彼は、運命の恋をした。

しかし、その相手は近々仕事の都合で遠くに行ってしまうことを知り、彼は悩んだ。

祖父との約束で店を閉めるわけにはいかない。貘の能力はこの邸から離れてはいけないのだ。邸には祖父に恩義のあるはぐれ者の三人が棲《す》みついており、代替わりした今も居候《いそうろう》の対価として家業を手伝ってくれていたが、残念ながら自分の代理を務めてくれる者はいなかった。だがちょうどその頃、運良く手頃なカモがやってきた。若くて健康な青年。仮の器として申し分ない。それがリュウだったのである。

二代目はリュウの望み通りに悪夢を祓ってやった後、件の取り引きを持ちかけたのだ。

――お前の対価は預かった。返して欲しければ、ちょっとの間、俺の代理としてここで働いていけ。安心しろ、絶対に帰ってくるから。

そうして、有無を言わさず人間の体に強制的に貘の能力を押し付けた彼は、意中の相手を追い駆けていってしまったのだった。

「へえ、そんなことがあったのか」

凌は思わず他人事《ひとごと》のように呟いた。本人から掻い摘んで聞かされた話は、どこか小説の中の出来事のようで、すぐにはそれ以上の感想を持てない。

「何か、『走れメロス』みたいなんだけど」

とはいえ、物語の主役二人と違って、そこまでリュウと二代目の間に信頼関係があるかどうかは甚《はなは》だ疑問だ。本当に二代目は帰ってくるのだろうか。

「信じるしかないだろ。どっちにしろ、対価をヒトジチに取られて、俺にはそれ以外に選択肢がなかったわけだし」

陽射《ひざ》し対策のサングラスをかけたリュウが、車から引っ越し用の段ボール箱を下ろす。受け取って、凌は訊ねた。

「で、リュウの対価って何だったの？」

「……俺の店」

意外な答えが返ってきて、凌は思わず目を瞠った。

「え、リュウってお店やってるのか」

「いや、これから始めるところだったんだよ。小さなカフェだけどな」

どうにか準備が整って、いよいよ開店間近という時におかしな夢を見るようになったという。段々体調にも変化が現れて、このままだと仕事に支障をきたすと考えた彼は、偶然噂を耳にしてその存在を知った祓い屋に懸けたのだ。しかしその結果、対価として大事な店舗を差し押さえられてしまったのである。

「そうだったのか……」

凌は初めて知った彼の事情に同情してしまった。自分の生活の一部を奪われてしまった点では、彼も凌と同じだ。

事の経緯《いきさつ》は大体飲み込めた。もうこうなれば、お互いに協力し合って、一日も早くもとの生活に戻りたい。

「あー、早く人間に戻りてェなー」

ぼそっと零したリュウの呟きに、凌は思わずプッと吹いてしまった。サングラスを外したリュウがムッとして睨みつけてくる。

「何だよ、笑うなよ」

「あ、ごめん。ちょっと特殊な悩みだったから」

必死に笑いを堪《こら》える凌をリュウは眇めた目で見やりつつ、「俺にとっては切実な問題なんだよ」と言った。

家事能力だけを奪われてしまった凌とリュウとでは少々事情が異なる。

客としてこの邸の門を叩いたリュウだったが、身勝手な二代目のせいで今の彼の体は半分が貘だ。もとが人間なのだから、様々な面で不都合が生じているらしい。

悪夢祓いとは、祓い屋本人が対象者と意識を繋げて悪夢を共有し、取り憑いている夢蟲の捕獲をもって完了とする。ところが、強引に能力を受け継がされた素人《しろうと》のリュウがこれをやると、能力と上手く同化しないまま体内には浄化できなかった夢蟲の毒素が溜まって、結果として消化不良を起こしてしまうのだ。どんどん仕事をこなしたくても、意思に反して体がついていかないのである。

しかし今回、その体調不良を即座に回復させる画期的なアイテムが見つかった。それが他でもない――凌である。

どういうわけか、凌とくっついているだけで、寝込んでしまうほどの具合の悪さが浄化され、癒やされるというのだ。リュウ曰《いわ》く、『大事な整腸剤』らしい。

甚だ不本意ではあったが、凌としても今はその役目を受け入れざるをえなかった。

互いの利害が一致し、更には当面の住み処《か》も確保できた。また、捕獲した夢蟲はある特殊ルートで換金可能なため、小遣い稼ぎもできるらしい。リュウの仕事を手伝えば、邸にいる間も貯蓄ができる。ありがたいことに、家賃も光熱費も免除。食費などもずぼらな住人に代わって家事を引き受けることですべてタダ。

さっそく同居人と話をして、凌の方が先に部屋を出ることとなった。まさか本当のことは精神状態を疑われかねないので話せるわけもなく、しばらくは知人の家に間借りするつもりだと伝えた。戸建てで部屋が余っているのだと話すと羨《うらや》ましがられたが、新しい同居人たちは胃腸の弱い半人間をはじめ、羊、梟、蝙蝠という異色の面子《メンツ》だ。

急遽《きゅうきょ》凌の引っ越し先が決まったため、一足先に田舎《いなか》に帰る予定だった元同居人の婚約者が、凌の代わりに退去まで住むことになった。残りの家賃は彼女が引き受けてくれたので、金銭面的にもありがたい。そんなこんなで、凌は町外れの古びた洋館に越してきたのである。

段ボール箱を抱えて玄関ドアを開けると、誰かが階段を駆け下りてきた。

「凌、おかえり！」

メメだ。半袖短パン姿でタタッと走ってくると、凌にぶつかるようにして抱きついてきた。

「待ってた。待ってたよ、凌」

ぐりぐりと顔を押しつけてくる。随分と熱烈なお出迎えだ。

「大袈裟《おおげさ》だな」

思わず苦笑すると、メメがしくしくと涙目で語り始めた。

「凌がいない間、リュウの激マズゴハンを食べさせられたんだよー。口の中がまだイガイガする。ひもじいよー」

「……あー、そういうわけか」

引っ越し作業で二日ほど離れている間に、邸内でもいろいろとあったらしい。

カフェを開くぐらいだからリュウは料理もそれなりにできるはずだが、これも貘代理になった副作用の一つだという。以前と同じように作っても、まったくの別物が出来上がるのだそうだ。

凌も昨日、同じ体験をしたばかりだった。試しに包丁を握ってみたが、まるで自分の体ではないみたいにありえない失敗を繰り返し、あげくの果てにはこの世のものとは思えないような物体を作ってしまったのである。覚悟はしていたものの、実際にそうなってみるとやはりショックだった。

「贅沢《ぜいたく》なヒツジめ。お前をジンギスカンにしてやろうか」

後から入ってきたリュウが、メメのふくふくした頬をつまんで引っ張った。「にゃにしゅんだよ、わーん」メメはポンッと子羊に変化したかと思うと、リュウから逃《のが》れて凌に抱きついてくる。出会った初日に仕事を手伝ってやり、胃袋まで摑んだのが功を奏したのか、すっかり懐かれてしまったようだ。実は凌も大の動物好きだったりする。羊のもこもこ具合など、正直に白状するとたまらなかった。メメは羊にしてはかなり小ぶりなので、持ち上げる時の手のフィット感もちょうどいい。もこもこの感触も癒やされる。小さな子どもも好きなので、メメは理想のパーフェクトボディーだった。

「あんまりいじめるなよ。なあ、まだちっちゃいのに」

脂下《やにさ》がってしまいそうになる顔を無理やり引き締める。荷物を床に置き、子羊を抱き上げた。メメがもこもこの体を摺《す》り寄せてくる。かわいい。

リュウがチッと舌打ちをした。

「……見た目はこんな真っ白な毛むくじゃらだが、腹の中は真っ黒だぞ。ほら見ろ。今、俺を見てニヤッて笑ったぞ、こいつ」

「え?」と首を捻ると、メメが『そんなことないもん』という目をして、凌の肩にかわいらしくすりすりと顔を押し当ててくる。思わず頬が弛んだ。

「くすぐったいって。タナカさんとキングは?」

『ひなたぼっことお昼寝』

リュウが「またか」とため息をつく。

「そういえば、俺も腹が減ったな。自分の作ったものは食べる気がしなくてさ。凌、先にメシにしようぜ」

リュウが凌の背中を押してくる。台所の方へ爪先《つまさき》が向いた。

その拍子に、チラッと何気なく見上げた視界の端に梁と壁を捉える。蜘蛛《くも》の巣がかかっているのを発見して、思わず凌は顔を引き攣らせた。

「……うっ」

改めて見ると、邸の中は酷い有様だった。

一度きりの訪問ならまだ我慢ができる。しかし、ここで暮らすとなれば話は別だ。こんな汚い場所にいて彼らは平気なのだろうか。

「なあ、やけに蜘蛛の巣が多くないか？　ちょっとは掃除をした方がいいんじゃないの？」

『えー、嫌だよ。めんどくさいもん』

かわいいもこもこからダメ人間発言が飛び出した。オイと突っ込もうとしたその時、壁の割れ目からカサコソと黒い物体が這い出てくる様子が目に飛び込んできた。

「うわっ！」

ビクッと後退ると、腕の中のメメまでがビクッと驚いたように顔を撥ね上げた。

『な、何？』

「何じゃないって！　あそこからさっき、ゴ、ゴキブリが……っ」

叫んで壁の割れ目を指差す。少し目を離した隙に、ヤツはまた壁の奥へ戻ってしまったらしい。この世でもっとも嫌いな害虫と遭遇してしまい、ゾワッと鳥肌が立った。しかし、驚いたのはそれだけではなかった。

『あー、何だ。そんなことか』

メメが何でもないことのように笑顔で言ったのだ。『たまに見かけるよ』

「は？」

思わずリュウを見ると、視線を交わした彼はふっと遠い目をしてぼやく。

「仕事以外のことはもう諦めた。こいつらに人間の常識を求めたところで無駄だ。生来のぐうたら連中だぞ」

世話になった先代のもとに各々恩返しをするつもりで集まった彼らは、代替わりして孫が当主につくと、商売に興味のない二代目の適当な性格に感化されて次第に本来のものぐさな生活に戻っていったという。もとより先代への恩義ありきで動いていたのだ。リュウが来た時には、客のいない廃《すた》れた動物園のような光景が広がっていたらしい。

『そんなことより、おなかがすいたよー。凌、何か作って。おいしいものが食べたい……』

「そんなことじゃない！」

いきなり声を張り上げた凌を、ギョッとしたようにリュウとメメが見てきた。

「ゴハンより先に掃除だ。こんな不衛生なところにこれから住むのかと思うとゾッとする。見ろよ、この腕。鳥肌が立ってるだろ。この家、外から見たらお化け屋敷みたいなんだぞ」

『あながち嘘じゃないよね。僕たち人間じゃないし』

メメがくすくすと笑う。

「俺は人間だ！」

思わず苛立ち混じりに言うと、もこもこ羊がぴゃっと蹄で顔を覆った。

「窓ガラスは割れてるし、カーテンはボロボロ。あちこちに蜘蛛の巣が張ってて、ゴキまで出現する汚《お》屋敷だ。マンションに戻ってた間は布巾すら満足に絞れなかったけど、ここなら俺の本来の力が発揮できるんだよな？」

『あ、あ、リュウ、また凌がおかしくなったよー、一人で笑い出した！』

野性の勘で危険を察知したのか、メメがもこもこと体を捩《よじ》って凌の腕から這い出した。隣で若干引き気味に様子見をしていたリュウの肩に飛び移ろうとしたところを、凌はガシッと捕まえる。

「どこに行くんだ？　掃除をするって言っただろ。仮にもここは店なんだぞ。こんな汚いところで接客するなんて、せっかく頼って来てくれたお客さんに失礼だと思わないのかよ。さあ、張り切って綺麗にしような」

『ああっ！　リュ、リュウ、助けて！』

「頑張れよ」

リュウが合掌《がっしょう》する。「立派なモップになってこい。汚れた毛は後で刈ってやるから」

「何を他人事みたいに言ってるんだよ」

凌はふかふかの羊毛に手を突っ込んで、逃げようとするメメを抱きかかえながら言った。

「みんなでやるの。リュウ、キングを起こしてきて。俺はタナカさんを探すから。天井の蜘蛛の巣は羽のある二人に担当してもらって、メメとリュウは俺と一緒に床掃除だな。雑巾がけにもやり方があるんだぞ。掃除能力検定2級の実力を見せてやる」

『み、見たくない。そんなの見たくない。あったかいゴハンが見たい』

「悪夢に悩んでた時の方が、しおらしくてかわいかったのになあ」

しくしくと嘆くメメとブツブツぼやくリュウを引き連れて、邸内を回る。のんびりひなたぼっこをしていた白梟を不意打ちに捕獲。続いて騒ぎを聞きつけて脱走を図ろうとした蝙蝠を全員で挟み撃ちにして捕獲。かくして凌の仕切りで大掃除が始まった。

雑巾がけをしながら、「リュウが来た時よりも、倍忙しいよー」と、メメが泣き叫び。高い場所をハタキで叩《はた》いて回っていたタナカは、埃を吸い込んで『持病の癪《しゃく》が…っ!』と仮病を使おうとし。

蜘蛛の巣と格闘するキングは、怒った蜘蛛とご対面してギャーギャー大騒ぎしている。

三人とも先代貘の頃からの付き合いらしいが、それぞれが祓い屋業務に一役買っているという。もともと、羊、梟、蝙蝠の種族は悪夢稼業と深いかかわりがあるそうだ。

メメの羊毛は夢蟲を封じる力があり、これがなければ夢蟲を長期間保管しておくことができない。また、かつては祓い屋だったタナカは現役を退いたものの、その知識と人脈は豊富で、現在は電話番や接客、事務作業などを担当している。邸の黒電話には、定期的に人間や人外からの依頼が舞い込んでくるのだ。キングは現役だが、メンクイなので客を選ぶのが困りもの。好みの客が来店すれば、リュウを押し退《の》けて横取りするので、いつも喧嘩をしているのだとか。

そういえば、悪夢祓いは夢を共有して行うものだと聞いた。

具体的な方法はよくわからないが、凌が見た最後の悪夢にリュウが登場したことは覚えている。しかもそこからおかしな展開に転がっていったのだが、あれは凌の脳が勝手に作り出した夢の一部なのか。それとも、すべてを含めた一連の流れが悪夢祓いなのだろうか。だとすれば、リュウは毎回、悪夢を祓う大義名分のもとに対象者とキスをしていることになる。

「………」

咄嗟にリュウを凝視した。

「何だよ」

気づいた彼がムッとしたように眉根を寄せる。

「そんなにじっと見張らなくても、きちんと掃除をしてるだろうが」

「え？　あ、うん」

確かに、リュウだけが唯一凌に尻を叩かれずに黙々と掃除を続けていた。意外と真面目なんだなと思う。

できることなら働きたくないメメたちと違って、リュウはまったくの逆だ。てきぱきと仕事をこなして、とっととここから出ていってやる——という明確な目標を持っている。そこはとても共感できる。凌も前向きな彼と協力し、取り戻すものはすべて取り戻して、とにかくここから脱出するのが先決だ。それ以外の諸事情に関しては凌が余計な詮索をするものではない。

床を掃きながら、ふと気づく。いつの間にかボロボロのカーテンがすべて取り外されて、窓に溜まった埃が綺麗に取り除かれていた。

「へえ、すごい。これ、全部一人でやったのか」

感心していると、突然さっと影が差した。窓ガラスに映っていたのはリュウだ。振り返ろうとした途端、なぜか彼が寄りかかってきた。

「……疲れた」

「は？」凌は眉根を寄せた。「ちょ、ちょっと重いんだけど」

リュウが背後から甘えるように凌の肩に顎を乗せて体重を掛けてくる。狼狽えた凌は慌てて押し返した。だが、まったく引く気配がない。それどころか両腕まで腰に回してきた。

「昨日喰った夢蟲がまだ消化できてないみたいだ。ちょっと抱き締めさせてくれ」

ぎゅっと腰を抱き寄せてくる。凌はぎょっとした。

「は？　何言ってんだよ。昨日は仕事してないって、自分で言ってただろ」

「そうだったっけ？　でも何だか体がだるい。たぶん、エネルギー切れだ」

「エネルギー？」

繰り返した凌の耳にリュウの吐息がかかった。思わずゾクッとする。

「そっ、それで何で俺に抱きつくんだよ。仕事と関係ないのに俺に抱きついたってどうにもならないだろ」

「お前に抱きついてるとこう、むくむくと元気になる気がするんだよ。ケチケチすんなよ、ちょっと抱き締めるだけだから」

体を捩って逃げようとすればするほど、ますます腕の拘束が強くなる。

「あ、ちょっとおなかも痛いような気がする。もっと密着させてくれ」

「だったらトイレに行ったらいいだろ」

「デリカシーのないヤツだな」

リュウが嘆息した。

「減るもんじゃないんだし、抱き締めさせろ。この体になってから太陽光が苦手なのに、わざわざ車を出して引っ越しの荷運びを手伝ってやっただろうが。少しくらいサービスしろよ」

「男相手に何のサービスだよ」

「男だろうと関係ねえよ。この体が求めてるなら、俺は気にしない」

聞きようによってはとんでもない節操なしの言い分だ。先ほどの疑問が再浮上する。この男なら、仕事のためだと言ってキスの一つや二つ、何の躊躇もなくさらっとやってのけそうな気がする——。何だか無性に苛ついて、凌はガラス窓に映る端整な顔をキッと睨みつけた。

ふいにリュウが伏せていた視線を上げる。ガラス越しに目が合った。

ドキッと心臓が跳ね上がり、慌てて顔を俯ける。

「――…エ、エネルギー切れって、単なる腹が減ってるってだけだろ。空腹すぎて腹が痛いってヤツ？　今まで蟲を売って稼いだ金は何に使ってたんだよ。それで何か出来合いのものを買えばいいのに。もう、そんなにぴったりくっつくなよ。離れろって」

どうにか押し退けようと無理やり肘を張る。上手い具合にリュウの顎に入ってグキッと首を大きく仰《の》け反《ぞ》らせた。

「おい、何しやがる。まったく、かわいくねーな……イテテテ」

急にリュウが腹を押さえて蹲った。ヒットしたのは顎だろう。見当違いな場所を押さえて大袈裟に痛がる彼を胡乱《うろん》な目で見下ろしたその時、ポンッと、いきなりリュウが消えた。

「えっ！」

驚いた凌は思わず自分の目を疑った。そこにリュウの姿はなく、代わりに床には白と黒の小さな生き物が転がっていたからだ。

鼻が長く、体毛は全身黒で、背中から腹にかけてのみ白いそのツートンカラーの生き物を凌は知っていた。

――貘だ。

しかし、大きさは動物園で見かけるようなものではなく、手乗りサイズ。背中を丸めて、うーんうーんと唸《うな》っている。

「ええっ、リュウ？　嘘だろ、リュウまで変身するのか」

初めて見る姿に凌はぽかんとなる。てっきり元が人間の彼は、他の三人のように動物に変化はしないのだと思っていた。

「ど、どうしよう」

貘は前肢《まえあし》で腹を押さえながら唸っている。プルプルと震えていた。本当に具合が悪いのだとすぐに悟る。焦った凌はパーカーを脱ぎ小さな貘をそっとくるむと、走って部屋を出た。

「二人とも！」

廊下でキャッキャと雑巾野球をしていたメメとタナカがビクッと気をつけした。

「あ、遊んでたわけじゃないよ！」

「そうですよ。箒《ほうき》の調子を確かめていたところでして……」

「どうしよう、リュウがこんな姿になっちゃったんだけど。何だか苦しそうだし」

慌ててパーカーにくるまった彼を二人に見せる。じっと覗き込んだ二人が一瞬顔を見合わせて、何でもないことのように凌を見てきた。

「これは、精気が弱まっているようですね」と、タナカが言った。

「時々、こんなふうに急に丸まってその辺に転がっていることがあるんですよ。我々と違って、彼の場合はコントロールが不安定ですからね。回復したらすぐに元に戻りますが」

「すぐに戻るって言われても……」

凌は心配になる。「回復するにはどうしたらいいのかな?」

「こうしたらいいんだよ」

メメが凌の手からリュウを引き取った。パーカーを外して、「はい」と手乗り貘を凌に返してくる。咄嗟に受け取った凌に、メメが指示した。「ぎゅって抱き締めてあげて。凌にしかできない方法だから」

言いながら、箒をぎゅっと抱き締めてみせる。

凌も倣《なら》って、ぐったりとしている貘をおそるおそる抱き締めた。直に触れた貘の体は、体毛が短くビロードのような手触りをしている。だが、ひんやりと冷たい。

初めてリュウと出会った時のことを思い出した。あの時もリュウは体調不良でこんなふうに冷たい体をしていた。どうにかして温めなければと、小さな貘をぎゅっと抱き締める。

ピクッと貘の鼻が動いた。

「リュウ?」

腕の中でもぞもぞと身を捩っている様子は本能で動いているように思える。無意識に一番居心地のいい場所を求めて鼻を動かし、伸びをするみたいに凌の首に擦《す》り寄った。肌が剝き出しになっている部分。すりすりと気持ち良さそうに顔を擦りつけてくる。

『……生き返る』

前肢でTシャツにしがみつき、貘がすりすりしてくる。

「ちょっと、くすぐったいってば……っ」

凌は思わず笑いながら、内心ホッとした。とりあえず元気になったようだ。改めて、自分の体が発する何らかの気がリュウにとっては栄養源になっているのだと実感する。

タナカ曰く、人外の彼らとツガイほどに相性のいい人間というのは稀《まれ》に存在するらしい。ツガイという言葉に一瞬抵抗を覚えたが、リュウは半分人間なので、余計に心地よい気の持ち主の傍にいると癒やされるのだそうだ。

おそらく、もともとの人間の肉体同士でも、互いに気の流れが好《よ》い方向に作用する相性のいい二人だったのだろう。今まで人間と絆《きずな》を深めた者たちを少なからず見てきた中でも、凌とリュウの相性は抜群だと、これはタナカの経験談。

とてもリラックスした様子ですりすりしている貘が、だんだんとかわいく思えてきた。手触りのいい体毛をよしよしと撫でてやる。もこもこの羊も気持ちいいが、貘はまたそれとは違って手に吸いつくような感触がうっとりするほど心地いい。頬擦りしたくなる毛並みだ。

『——いいぞ。頬擦りしても』

「え？」

どうやら妄想が口に出てしまっていたらしい。ちょこんとした丸い目がじっと凌を見上げてくる。凌は戸惑った。

『しょうがないな』

貘がちょっと照れたように前肢で長い鼻を掻きながら言った。『他のヤツならお断りだが、お前は特別だ。ほら、すりすりしていいぞ』

ツンと鼻を上に向けて凌の口元に差し出してきた。ヌッと黒い鼻先が迫り、ぎょっとして咄嗟に顔を引く。

「……いや、やっぱりいい」

『何でだよ。したいって言っただろうが』

「もういい。気分が萎《な》えた」

『おい、それはどういう意味だ』

貘の両脇を摑み、肘を伸ばして遠ざける。前肢をバタバタさせて宙を掻くリュウを見て、やっぱりこの姿はかわいいなと思う。喋らなかったらもっといいのに。

『……あまり俺をバカにするなよ?』

次の瞬間、ポンッと貘が消えて人型のリュウが現れた。突然のことに小さな貘を抱いていたはずの腕がガクンと落ち、思わずつんのめってしまう。前のめりになった凌の体をリュウが抱きとめた。

「お前がしないなら俺からしてやろうか」

「は？　……ちょ、ちょっと」

いきなり顔を近づけてくる。焦る凌の脳裏に蘇ったのは、あの悪夢の続きだ。リュウが助けてくれて、その後、こんなふうに彼の顔が迫ってきて——。

「うわっ！」

ドスッと、気がつくと拳がリュウの腹にめり込んでいた。「うっ」と低く呻いたリュウが腹部を押さえて蹲り、ポンッと貘の姿に変化する。そのままころんころんと転がったかと思うとちょこんと座り、窓を向いて背を丸めた。短い尻尾《しっぽ》が項垂れる。ツートンカラーの背中が哀愁《あいしゅう》を誘う。

「あーあ、リュウが拗《す》ねちゃった」

気を遣って小声になるメメの言葉に、凌は「えっ」と振り返った。タナカとメメが顔を合わせて、嘆くように首を振る。

「あそこで拒否されるのは辛いですな。頬擦りは認め合った仲間の証《あか》し。挨拶みたいなものですが」

「僕ともさっきしたよね。リュウ、ただでさえおなかが弱いのに」

頬擦り？　仲間の証し？　凌は慌てて貘へと視線を戻す。

「あ、あの、ごめんな。ちょっとびっくりしたんだよ。俺まだ、こっちのルールがよくわかってなくて、そんな外国みたいな挨拶があるなんて思わなくてさ。俺、生粋《きっすい》の日本人だし」

勝手に勘違いしてしまったことが後ろめたく、凌は頬を熱くしながら背中を向ける貘に謝った。

「腹、痛かったよな？　ごめん、まだ痛むなら俺を使って回復するか？」

チラッと貘がつぶらな目だけで振り返った。ほら、と両手を差し出す。

『…………』

チラッチラッと二度見して、貘がぽてっとした尻を上げた。少々不貞腐《ふてくさ》れ気味に半目になりながらも、とてとてと四つ肢でこちらに向かって歩いてくる。申し訳なく思いつつ、ほっこりとしてしまった。やっぱりこの姿はかわいい。

長い鼻先が手のひらにつこうとしたその時、ぐうきゅるくるくるぅぅ……と、誰かの腹の虫が鳴いた。

振り返ると、メメが恥ずかしそうに自分の腹をさすっている。「おなかすいちゃった」

すると、呼応するように貘もぐうぅぅっと腹を鳴らした。

「何だ、リュウも腹が減ってたのか」

『え？』

ハッと貘が顔を上げる。凌はにっこりと微笑んで触り心地のいい毛並みを撫でた。

「わかったよ。みんな、頑張って掃除したもんな。すぐに食事の仕度《したく》をするから」

『お、おい、食事の前に俺をぎゅっと……うぷっ』

凌に向けて懸命に前肢を伸ばすリュウを抱き上げて、ぎゅっとしたのはメメだった。

「凌、早くおいしいゴハン作ってね。もうおなかペコペコだよ。僕、リュウと一緒におとなしく待ってるから」

「わかったよ」凌は苦笑する。「それじゃ準備するから、箒と雑巾を片付けておいて」

「わかった」と、メメ。

「それでは、私は凌くんのお手伝いをしましょう」

「いいの？　じゃあ、お願いします」

『あ、あ、待て、待ってくれ俺も……うぶぅ』

メメが貘の口をきゅっと塞ぐ。幼児と手乗り貘の仲睦《なかむつ》まじい姿に癒やされた凌は、タナカと連れ立って部屋を出た。まさかリュウまでが貘に変化するとは思わなかったので、かわいいイキモノが大好きな凌にとってはまさに至福だった。ときめいてしまう。

「ご機嫌ですね」

眼鏡のブリッジを押し上げたタナカが興味深そうに言った。

「あ、ごめんなさい。にやけてました？　リュウの貘姿を思い出すとかわいくて。拗ねた背中もかわいくなかったですか。人間の時は不遜《ふそん》な態度を取るし、セクハラまがいのこともしてくるから、余計にちっちゃいとかわいく思えるんですかね」

「……やはり二人は相性がいいようで」

タナカが意味深に微笑む。

「……そ、そうなんですかね？」

凌は内心複雑だったが、とりあえず笑って流す。

「リュウも、いいパートナーが見つかってよかったですねえ」

うんうんと自分の言葉に頷くタナカを横目に、凌はどういうわけか無性に恥ずかしくなる。

俄に火照《ほて》り始めた顔に、手団扇《てうちわ》でパタパタとしきりに風を送った。

■5■

先代が気に入っていたというこの邸は、いつの時代からここに建っていたのか誰も知らないという。

リュウも半年前に初めて訪れており、もちろん湊も先日まで存在自体を知らなかった。

幽霊屋敷といい勝負の古い洋館は、手入れを怠《おこた》っていたせいであちこちにガタがきているが、とにかく大きく迫力がある。庭も含めると相当な敷地面積だ。

あまりにも広すぎるので、掃除はとても一日では終わらなかった。

初日は何とか寝る場所を確保して、目につく場所の蜘蛛の巣や埃を取り除くので精一杯。

二日目からは罅の入った窓ガラスや破れたカーテン、壊れた屋根や壁の補修など、全員総出で動き回った。引っ越してきた初日の夕方に、庭に出て外から邸の様子をチェックしていると、ちょうど往来を通りかかった主婦たちの会話が聞こえてきたのだ。

——薄気味悪いわよねえ、この家。誰か住んでるのかしら。

——人が出入りするところを見たことがあるって、聞いたことがあるわ。でもそれも、幽霊じゃないかって噂よ。ここに入っていく人を見たって言っていた男性がね、その翌日、突然亡くなったんですって。呪《のろ》われたんじゃないかしら！

凌は唖然とした。本当かどうか知らないが件の男性の生死には、もちろんここの住人たちはまったくの無関係だ。しかし、そんな噂が飛び交うほどこの邸が周囲から浮いていることは否定できない。実際、凌も初めて訪れた時は、気味が悪いなと思ったからだ。

自分のことはとりあえず棚に上げて、他人の正直な意見はショックだった。

町外れで少し小高い土地柄のせいか、滅多に人通りはないが、それでもこの地域の人たちの目には触れる。

これからしばらく、自分もここで暮らすのだ。下手に怪しまれないようにしないと――凌は翌日から一層、邸の清掃に力を入れた。

その過程で、とんでもないことが発覚した。

捕獲した夢蟲の売上げ金が、すべてリュウを除く住人たちの趣味につぎ込まれていたのだ。邸の薄暗い一室には、彼らが利用する怪しい通販サイトの空き箱が山のように積んであったのである。タナカは使わないくせに高い健康器具やマッサージ機を買い込み、メメは主にオモチャ。キングは高級ワインだの蝙蝠印のブランドスーツだの、更には美容器具まで取り寄せていた。

「この金を邸の修理費に回せよ！　見ろよ、雨漏りまでしてるんだぞ」

三日目に降った雨は、邸の中まで染み込んできて、大騒動だったのだ。

放っておいたらあっという間に金を使い込んでしまう彼らに代わって、資金の一切を凌が管理することにし、タナカのツテでさっそく修理屋を手配した。作業着姿の男が五人ほどやってきたが、しばらくして覗くと五匹の猫が人間以上の手際のよさで作業をしていた。

庭の草取りを手伝ってくれたのは手拭《てぬぐ》いを巻いた兎《うさぎ》だった。汗を拭いながら『ここの庭は草の蚤《むし》り甲斐がありますねえ。あそこに生えている美味《おい》しそうなエノコログサをもらってもいいですか』と話しかけられた。もう何が起きても驚かない自分に、我ながら感心する。

猫や兎たちにお茶と菓子を振る舞い、世間話をして相槌を打つ。やがて屋根の補修工事は無事に終わり、窓ガラスも新しいものを入れてもらった。庭も視界を覆っていた雑草がなくなり、見違えるほど綺麗になった。

「ああ、腰が痛い……」

山のような段ボールをひたすら潰し紐《ひも》で括《くく》っていたタナカを労《ねぎら》って、凌はマッサージをしてやる。通販で購入したマッサージ機はどうやら体に合わなかったらしい。

「ほう、お上手ですね」

居間のソファに寝そべったタナカが気持ち良さそうな息をついた。

「一応、整体師の資格を持っているんで」

「おや、お掃除の資格も持っていませんでしたか？」

「ああ、はい」凌はタナカの腰を揉《も》みほぐしながら頷いた。「掃除能力検定のことですよね。家政夫といっても、いろんな仕事があるから。できるだけお客さんの要望に応えられるように、まあ、取れるものは取っておこうかなと思って。職場の先輩には資格マニアだって言われてましたけど」

「そうですか。いいじゃないですかマニア。私も健康器具マニアですよ」

「それはもうやめて下さいね。あれ以上の物を置いたら部屋の床が抜けますよ」

やんわりと釘を刺すと、タナカがしゅんとする。

「ああ、そこ。そこをもう少し強く押してください。凌くんは、我々とは違って勉強熱心なんですねえ」

ふいに感心したように言われた。「お料理も上手ですし。少々我々に厳しいところがありますが、腕は本物ですからね。ずっとうちで雇いたいくらいですよ」

それは困るかなと思う一方で、意外とこの邸に馴染《なじ》んでしまっている自分がいる。食事の時間になるとメメをはじめ、普段は凌に見つかって作業を押しつけられないよう逃げ回っているキングまでもが食堂に集まって、全員で食卓を囲む習慣が出来上がっていた。凌の作った料理を美味しそうに食べてくれるのはありがたく、一度は失いそうになった自信を取り戻せて本当に感謝している。自分に与えられた仕事に悦《よろこ》びを覚え、何だかんだですっかり彼らの仲間として受け入れてもらっていることが嬉しかった。

タナカのマッサージが終わると、入れ代わりに今度はリュウがソファに寝そべってきた。

「……何やってんだよ」

「俺にもマッサージを頼む。全身を満遍《まんべん》なく揉んでくれ」

うつ伏せになって準備万端だ。

「何でだよ。さっきも精気を分けてやっただろ」

凌はソファの上の長軀《ちょうく》を睨みつける。タナカは収まっていたが、リュウは長い足がはみ出してしまっている。猫大工と一緒に屋根や壁の修理をしていたリュウは、「疲れた」と言って先ほど凌に抱きついてきたばかりなのだ。

夕方からは本業に戻り、その日の予約客が悪夢祓いに訪れるため、仕事を終えた後はそれこそべったりと抱きつかれる。そこまでがこちらの仕事なので、多少はべたべたしすぎではないかと思いつつも許容範囲だ。しかしそれ以外はこちらにも断る権利がある。

「マッサージなんか必要ないだろ。もうすっかり回復したって言ってたくせに」

「あれはあれ、これはこれだ」

チラッと上目遣いに見上げてきたリュウが言った。「今夜も仕事が入ってるんだぞ。しっかり働けるようにお前が俺の体調管理をしないとダメだろうが。いいのか？　俺が不調だと、いつまでたってもお前はここから出られないんだぞ」

「――……っ」

こんなのパワハラじゃないか！

内心で叫びつつも、凌は渋々リュウの背中を揉み始める。気持ち良さそうなリュウを見下ろして、ちょっとだけ思い直した。多少理不尽《りふじん》な気はするが、せっかく身につけた技術が役に立つのはやはり嬉しい。試してはないが、もしかしたらマッサージの技術まで対価として奪われている可能性もある。この邸から一歩でも外に出たら、本当に自分は何もできない人間になってしまうのだ。

それはやはり怖い――。

リュウが言うように、彼の仕事をサポートして一刻も早く二代目に戻ってきてもらわなければならない。

「どうした？　そんな思い詰めた顔をして」

伏せた顔を上げて、振り返ったリュウが訊いてきた。

「え？」凌はハッと我に返った。「いや、しっかり働いてもらわなきゃと思ってさ。よく考えたら、俺の人生ってリュウにかかってるんだし」

「…………」

リュウがいきなり起き上がった。びっくりして思わず引っ込めようとした凌の手を突然摑み、ぐっと引く。

「うわっ」

凌の体は大きく傾《かし》ぎ、気づくとリュウの膝の上に座らされていた。腰に筋肉質な腕が回って、抱き寄せてくる。

「ちょっと、何するんだよ」

ぎょっとして慌てて腕を突っ張るも、あっさりかわされてしまった。無防備の胸元に顔を埋められて焦る。先ほどタナカが出ていき、居間には他に誰もいない。リュウは遠慮なく凌を抱き締めて、気持ち良さそうに頬擦りをしながら声を低めて呟いた。

「しっかり働かないとな。お前の大事な人生を背負ってるし、俺もせっかく叶《かな》いかけていた夢が止まったままだから」

わたわたと懸命に身を捩っていた凌は、思わず動きを止めた。

「……それって、カフェのこと？」

「ああ」と、リュウが答える。

「そのために、今夜もバリバリ悪夢を喰って頑張らないと。とりあえず、栄養補給だ」

ぎゅっと腕に力がこもったかと思うと、急にぐりぐりと自分の顔を凌の胸元に激しく押しつけてきた。その仕草はペットの腹毛にもふもふする飼い主にそっくりで、凌は大いに顔を引き攣らせる。

「やっ、やめろよ、ちょっと、いい加減に離せ！」

「お前こそ、いい加減に慣れろよ。俺の体調管理は、お前の大事な仕事の一つだろ？　客がくるまでしばらくこうしていたい。そうすれば、スムーズに仕事をこなせる気がする」

「――！」

こんなのセクハラじゃないか！

叫んで突き飛ばしたい気持ちをぐっと耐える。過去の経験からいって、ここで騒いだら余計にリュウを悦ばせてしまいそうな気がしたからだ。彼には少しそういうところがある。むやみやたらに抱きついて、嫌がる凌の反応を揶揄って楽しむ傾向があるのだ。この男が何を考えているのか、いまひとつ理解できない。かといって、下手に動揺するのは悔しい。

凌はしばらくの間、すりすりと頬擦りをしてくるリュウの抱き枕にでもなった気分で、無の境地へと旅立った。


祓い屋の仕事は、傍《はた》から見ている分にはとてもラクそうに見える。

その日も、凌はリュウの補佐として個室に入り、彼と客のやり取りを少し離れた場所から黙って見守っていた。

向かい合って椅子に座った二人は額と額をくっつけている。

大人が子どもの熱を計るような格好と同じだ。今日の客は二十五歳のサラリーマン。前髪を上げて目を瞑《つむ》り、微動《びどう》だにしない。

もう二週間も前から同じ夢を見続けているという彼は、ここを訪ねてきた時、げっそりとやつれていた。

頬がこけて青白く、目にも生気がなかった。二十五歳とはとても思えない疲れきった顔つきをしており、今にも倒れそうな状態だったのだ。

悪夢祓いに訪れた客は、男女問わず、まずはリュウを前にしてうっとりしたような顔をしてみせる。額を合わせるように言われると、顔を赤らめたり明らかに動揺したりするので、見ているこっちが恥ずかしくなるくらいだった。更には、ただでさえ見栄えがいい彼は、話を聞きながら相手の目をじっと見つめて手を握ったり、頬を触ったりする。本人曰く、相手の気の流れを確かめるためだそうだが、勘違いしそうになる客のドキドキが離れたところに立っている凌にまで伝わってくるのだ。無自覚なのかわざとなのか知らないが、フェロモンの垂れ流しはやめてほしい。

接客業を志しているだけあって、愛想はすこぶるいい。それこそ、凌には横柄な態度を取るくせに、客相手には物腰も柔らかく常に笑顔。傍で虫取り網を持って待機している凌が、時々わけもわからない苛立ちに駆られるほどの好青年ぶりだった。

リュウが受け継いだ貘の能力は、額を合わせて意識を繋げることで相手との夢を共有し、悪夢を吸い取るというものだ。

この段階で夢が浄化され、そこに留《とど》まれなくなり人間の意識から這い出してきた夢蟲を虫取り網で捕獲するのが凌の仕事である。

これまでは作業の前にいちいち結界を張り、客から出てきた蟲を捕獲するまでがリュウの仕事だった。暴れる夢蟲が一時的に眠りに落ちてしまう客に害を与えないように気を配らなければならず、一件こなすだけで一苦労だったそうだ。

今は凌がいるので負担が減ったと言われると、それはそれで悪い気はしない。最初は手間取っていたものの、何回かこなすうちに蟲取りも慣れてきて、蟲が這い出てくるタイミングも何となく摑めるようになっていた。

額を合わせた二人が互いに目を瞑り、動かなくなってから数分が経過した。

依頼者の方は、このまま目が覚めないのではないかと心配になるくらいにげっそりと痩《や》せこけていて、リュウのフェロモンにも反応を示さないほど衰弱しきっている。

男がピクッと小さく震えた。

凌はその僅かな反応を見逃さず、そろそろだなと網を構える。

間もなくして、男の耳の穴からもくもくと白い煙が出てきた。それはたちまち形を取り、男の肩の上で転がりながら咳《せ》き込む。

その姿を認めて、凌は目を瞠った。いつもの蛾に似た姿の夢蟲ではない。目がチカチカするようなショッキングピンクのイキモノ。拳大よりも一回り小さいそれがキーキーと顔を掻き毟るようにして床に転がり落ちた。

——猿《さる》だ。

ギョロッとした大きな目と特徴的な長い尻尾。ただし異常に小さくて、全体的に真っピンク。

「……また淫魔獣《いんまじゅう》かよ」

夢蟲がバリエーション豊富な悪夢を見せるとしたら、この淫魔獣はとにかく性的な夢だけを集中して人間に見せ続けて精気を吸い取るのだ。夢蟲よりも精気を奪うスピードが速く、ある程度を境に器を乗り換える蟲たちとは違って、一度取り憑くと限界まで人間の精気を吸い尽くし死に追いやる悪質な獣も多いという。

凌が手伝うようになってから、まだ一週間ほどだが、捕獲した蟲と獣の割合は七対三ぐらいだ。タナカに言わせると、普段と比べても淫魔獣の比率が高いらしい。

キィキッとピンクの獣が甲高《かんだか》い声で鳴いた。

凌は網の柄を握り直して、獣を見据える。じっと見上げてくる獣が、ふいに左を向いた。走り出したその方向目掛けて網を振り下ろす。横から素早く掬い取るようにして、淫魔獣を捕獲した。

「捕まえたぞ！」

網の口をしっかりと握り締めて封じ、メメが作った専用の袋に移し替えて完了だ。振り返ったリュウがよくやったと頷く。

眠ってしまった依頼人をソファベッドに運び、凌は捕まえた淫魔獣をリュウに渡した。

特殊な袋は半透明になっていて、中の様子が透けて見える。まだ元気が有り余っているようでバタバタと暴れていたが、そのうち羊の毛の麻酔効果で動かなくなるはずだ。

「今日のお客さんも淫夢に悩まされてたんだな。最近は特に多いって、タナカさんも言ってたけど」

椅子の背にもたれかかったリュウが、蒼《あお》い顔をしながら袋の中を見やる。

「……まったく、厄介な」

どっと疲れたように肩を落として呟いた。

「これ、タナカさんのところに持っていってくるよ」

「いや」

部屋を出ようとする凌を、リュウが億劫《おっくう》そうに引き止める。

「ちょっと気になることがあるから、大人《おとな》しくなるまでそこに置いておいてくれ。後で俺から渡しておく」

「？　あ、うん。わかった」

いつもとは別の指示に一瞬違和感を覚えたものの、言われた通りにテーブルの上に袋を置いた。淫魔獣の大きな目が半分まで閉じている。麻酔が効いてきたようだ。

「凌」と、リュウに呼ばれた。

振り返ると、項垂れた彼が今にも椅子から滑り落ちそうになっていて、凌は慌てて駆け寄った。抱きかかえるようにして椅子に座り直させる。

「リュウ、大丈夫？」

触れた体はひんやりとしていて、体温が下がっているのがわかる。凌は自ら彼の体に腕を回し、抱き締めながら広い背中を擦《さす》った。

「……疲れた」

凌の胸元にぐったりと顔を埋めてくるリュウが、吐息と共に呟く。

「うん、お疲れさま」

広い肩を包み込むようにしてぎゅっと抱き締めた。

二代目も酷なことをします——以前、タナカが言った言葉が蘇る。ただ額を合わせていただけのように見えるが、物凄い精神力と体力を消耗するのだと、凌は彼から聞いていた。人間の体には相当な負担がかかっているはずだと。

冷たい体と苦しげな息遣いで、リュウがどれだけ辛いのかが伝わってくる。少しでも体温が早く戻るように、凌は覆い被さるようにして彼を抱き締めた。

しばらくすると、リュウの呼吸も少しずつ落ち着きを取り戻し始める。

「……やっぱり、お前とくっついていると気持ちいい」

甘えるように顔を埋めている年上の男を見下ろしながら、凌は彼と交わした会話を思い出していた。

——しっかり働かないとな。お前の大事な人生を背負ってるし、俺もせっかく叶いかけていた夢が止まったままだから。

そういえば、唯一の人間仲間なのに、凌はリュウのことをほとんど知らない。

出会った時から無遠慮に抱きつかれ、今でも隙を見ては過度なスキンシップを試みようとするせいでセクハラ男のイメージしかないが、本当はどういう人物なのだろうか。

仕事に対しては真面目だと思う。それは実際に傍で見ていて毎回感じることだ。依頼人の話に真摯《しんし》に耳を傾け、同情する様子は、とても好感が持てた。かつては彼もそちら側の立場だったからこそ、相手の気持ちがよくわかるのだろう。

夢見が悪いと笑い話のネタにするぐらいならいい。しかし、本気で相談すれば大体の人間は持て余し、引いてしまうに違いない。リュウに親身になって話を聞いてもらい、緊張がほぐれていく客の顔をこの一週間で何人も見た。凌自身も、自分の苦しみを理解してもらえたことにいくらか救われたような気分になって、結局のところ最後は彼を頼ったのだ。

凌が知っているリュウは、この邸で獏代理として働いている青年だ。人間の彼はどういう生活をしていたのだろう。

これまでさほど気にならなかったのに、俄に興味が湧いてくる。

ほう、と胸元にあたたかい息が吹きかかった。

背中に回った手に僅かに力が込められたのがわかった。縋るようにぎゅっと抱き締められて、不覚にもドキッとしてしまう。

「……っ」

何で、自分はこんなにも動揺しているのだろうか？

これくらいの接触はいつものことなのに——それもまたおかしいのだけれど——凌はドギマギとしながら落ち着けと自分に言い聞かせる。チラッと見下ろした胸元では、リュウがまるで母親に抱きつく子どものように心地よさげに目を瞑っていた。体温が戻って、顔色も悪くない。ホッとする。

ただ、意味不明な心臓の高鳴りが彼にまで聞こえているのではないかと、それだけが気がかりだった。

荒れ放題だった邸は、全員で一週間かけて掃除をした結果、見事に生まれ変わった。

必要経費で購入したミシンと、メメが懇意にしている謎の黒羊の布屋さんからもらってきた上等な生地でカーテンを縫い上げて、今日はすべての部屋のボロカーテンを取り替えて回る予定だった。

雑巾でさっと窓枠を拭いた後、古い椅子を持ってきて足場にする。

「リュウ、外すからそっちを持ってて」

傍に立っている彼に指示を出した。

「人使いが荒いな」と、ブツブツ文句を言いながらも、言われた通りに重たいカーテン生地の裾を手繰《たぐ》り寄せる。凌の作業の邪魔にならないようにわざわざ自分が移動して別のカーテンまでも隅に除《よ》けるところが、口は悪いが、リュウの真面目で気が利く本来の性格を表しているような気がした。

こういうさりげない優しさも女性受けがよさそうだなと内心で思う。見た目は文句なく男前だし、過去の女性関係も華やかそう……。

ふと、疑問が湧いた。貘になる前の彼に付き合っている相手はいなかったのだろうか。

凌自身はまだ二十四歳なのに、色恋よりも資格取得に夢中で、そっち関係の話題はさっぱりご無沙汰《ぶさた》だった。そんなわけで特に気にすることもなかったが、リュウはそういうわけにはいかない気がする。たぶん、周りが放っておかない。

もし交際相手がいたとすれば、さすがに半年も放ったらかしにはできないだろう。正直に事情を説明したのだろうか。だが、突拍子もない理由を告げられた相手がそれでうんうんと納得するのか疑問だ。もう最初からすべて諦めて、彼の方から別れを切り出したとか？ それとも、たまたまその時期は前の恋人と別れたばかりで一人だったのかもしれない。

妄想がどんどん膨らみ、凌はチラッとリュウを見下ろした。

同じタイミングで、リュウまでがこちらを見上げてくる。

「――――！」

目が合った瞬間、ドキッとした。自分の心臓の動きに驚いて、凌はぎょっとする。

あたふたと胸元を押さえようとしたその時、おんぼろ椅子の脚が重みに耐え切れずポキッと一本折れた。

「え？」ガクンと体が傾き、椅子から放り出される。「うわっ」

咄嗟に手を伸ばして支えてくれたのはリュウだった。椅子と壁の間に体を滑り込ませて、顔面から壁に突っ込みかけた凌を受け止めてくれたのだ。

二人揃ってふうと安堵の息をつく。

「——…何だ、このボロ椅子。危ないな。おい、大丈夫か？」

頭上から焦ったような声が聞こえて、凌は「大丈夫」と顔を上げた。

すると、間近から見つめてくるリュウと視線が交錯する。直後、再び胸が高鳴り始めた。いつもはリュウの方から抱きついてくるので、自分から飛び込むような格好でしがみついている姿に強烈な違和感を覚える。動悸が激しくなり落ち着かない気分にドギマギする。

「凌？」と、リュウが心配そうに顔を覗き込んできた。

ハッと我に返った凌は咄嗟に首を横に振った。

「ご、ごめん。何でもない。ありがと、う……」

二人分の体重を支えていた壁がミシッと嫌な音を立てた。「え？」と、青褪めたリュウが慌てて凌の体を押し返す。凌も急いで自分の足で立とうとして、不安定な足場にバランスを崩す。壊れた椅子に足をとられてたたらを踏んだ。

「うっ、わ」

傍に置いてあったバケツを蹴飛ばし、雑巾ごと水をバシャーンと勢いよく床に撒き散らしてしまった。

それだけならまだよかったかもしれない。コントのような間の悪さで、バーンと部屋のドアが開いた。

「凌、できたよー！　見て見て、言われた通りにちゃんと白い粉を頑張ってふるふるしたから、おいしいホットケーキを作って――…あ」

お約束とばかりに、メメが何もないところで蹴躓《けつまず》いた。両手に持っていたボウルがポーンと宙を飛ぶ。空中で一回転し、中の小麦粉をすべてばらまく。

天井からきめ細かい真っ白な雪が降ってきた。

ドサッと舞い落ちてきた小麦粉は、床に広がるバケツの水と一体化し、大惨事だ。カランカラン、と空のボウルが床に叩きつけられる。

一瞬、沈黙が落ちた。

「……おい、バカヒツジ」

リュウが低い声で言った。

「何て事をしやがる……ハックショイッ」

辺りに舞った粉を吸い込んで、リュウが盛大にくしゃみをかます。その瞬間、ポンッと姿を消し、ツートンカラーの貘が床に転がった。

「えっ」凌は目を丸くした。「まさか、くしゃみをしても変身するのか？」

びっくりする。メメもとてとてと寄ってきて、ぽかんと貘を見下ろしている。

『いや。今までそんなことはなかったんだが……』

リュウも初体験だったのか、戸惑いがちに凌を見上げてくる。

「アイスクリームの食べすぎでおなかが冷えたんだよ、きっと」メメが言った。「昨日、凌の目を盗んで台所でこそこそしてたもん」

『おい、バカ！　お前だって一緒に食っただろうが』

「えー、僕知らないもん」

とぼけたメメが、「えいっ」と、貘の長い鼻を軽く突き飛ばした。ころんと転がったリュウが小麦粉の溶けたベトベトの水溜まりに尻餅をつく。

『――この、チクリヒツジめ。ラムチョップにするぞ』

口汚く吼《ほ》えているが、やはり手乗り貘はかわいかった。凌はちょこんと尻餅をついている姿に思わずきゅんとしてしまった自分の胸を押さえて脂下がる。

「何だよ、単におなかが弱いだけじゃないか」

ホッとした。クシャミは粉塵《ふんじん》のせいだとは思うが、元気そうな素振《そぶ》りを見せながらも万が一ということがある。風邪でも引いて体力を消耗していたらどうしようかと心配したのだ。

『この姿になってから、異常に胃腸が弱くなってるんだよ。バカヒツジ、そこを動くなよ』

怒ったリュウが四本肢で立ち上がる。歩き出そうとした途端、ベトベトの小麦粉に肢をとられて鼻からベチャッと床に突っ込んだ。

「リュウ！」

凌は咄嗟に手を伸ばす。だが、突き出した尻の上で短い尻尾がぴょこぴょこと動いている様を見ると、思わず吹き出してしまいそうになった。何だその格好は！　メチャメチャかわいいんだけど！

内心でうはうはと身悶《みもだ》えていると、メメがププッと笑った。

「この前、凌が作ってくれた油に投入待ちの天ぷらみたいだよね。揚げたらおいしそう」

ジュルッと涎《よだれ》を啜る。

『おいっ、凌！　このジンギスカンヤローは俺を食う気満々だぞ』

ぬるぬると滑りながら逃げてきたリュウが、凌の目の前でまたベチャッと転んだ。

か、かわいい――――！

溶き小麦粉でべとべとになったリュウを抱き上げて、凌はうっとりとする。

「……おにぎりの天ぷらみたい」

貘のつぶらな目がガーンと見開かれた。

『凌、お前もか！』

ペンッと鼻で凌の手を叩いて、リュウが床に飛び下りる。俯き、自ら鼻先をベトベトの小麦粉に擦り付けると、それを凌とメメに向かって飛ばしてきた。

「うわあっ、何するんだよ」

「汚いよー」

メメが一目散に逃げ出し、部屋を出ていく。目の据わった貘の攻撃は収まらない。「ちょ、リュウ。落ち着いて……おわっ」白濁の塊が飛んできて、凌は咄嗟に首を倒して回避した。

べとべとの小麦粉がびゅんと後方へ飛んでいく。騒ぎを聞きつけて、ちょうどメメと入れ代わりにやってきたタナカが戸口に立ったところだった。ベチョッと不吉な音がして、タナカの眼鏡が白く濁る。

「あ、タナカさん！」

「……私が老体に鞭《むち》を打って電球を取り替えている間、若人《わこうど》はキャッキャと楽しく水遊びですか」

静かな物言いがかえって怖く、二人はぎくりとした。

『わ、わざとじゃないぞ』

「ごめんなさい、俺が避けたせいで」

『俺のコントロールが悪かったんだ。すまない。眼鏡はちゃんと拭くから……』

スタスタと歩み寄ってきたタナカが、粘着質な白い水溜まりの中からひょいと貘を引き上げた。借りてきた猫のようにおとなしくなったリュウをむぎゅっと凌に押しつけてくる。

「凌くん」

「は、はい」

リュウを受け取った凌はびくっと背筋を伸ばした。

「責任を持って、それを洗ってきてください。あなたも随分と卑猥《ひわい》な……ゴホンッ。いえ、酷い有様ですよ。まったく、最近の若者は」

やれやれと嘆くようにかぶりを振り、タナカは無言で風呂場の方角を指差したのだった。

邸の浴室は無駄にだだっ広い。

先代が風呂好きだったそうで、温泉が湧いているのだ。しかし、どこから温泉水を引いているのかは謎だ。この辺りに源泉があるなんて聞いたこともない。

細かいことは気にしない。それがここの住人たちである。広いお風呂であったまれるんだからいいじゃない――と言われてしまえば、まあそうだよねと頷いてしまえる凌も、大分彼らに毒されている自覚があった。

リュウは仕事とはまったく関係のない理由で胃腸の調子がよろしくないようで、貘の姿のままだった。

凌としては大歓迎だ。ベトベトの手乗り貘を連れて浴室に入る。

「いい子にしてろよ。洗ってやるから」

リュウがこくりと頷く。

まずは風呂桶に温水を張って、その中で小麦粉を落とす。次に木製の風呂椅子に座らせると、泡立てた石鹸《せっけん》で白黒の獣毛を丁寧に洗ってやった。腹の方も汚れていたので、椅子の上で仰向けにして優しく毛を撫でてやる。

「気持ちいい?」

『……』

目を閉じた貘がこくこくと頷く。かわいいなと思いつつ、サービスでマッサージもしてやった。

綺麗に泡を洗い流した後、リュウがぶるんと胴震いをして水滴を跳ね飛ばす。

『よし、今度は俺がお前を洗ってやる』

「え?」凌は笑った。「いいよ。どうやって洗うんだよ。石鹸も持てないだろ?」

試しに濡《ぬ》れた石鹸を渡してやる。慎重に摑んだ前肢が滑って、スポーンと勢いよく石鹸を飛ばす様子を指差して大笑いすると、リュウがムッとした。

『何もこの姿のままでいることはないよな』

そう言うや否や、ポンッと人型に変化したのだ。

「わっ」凌はぎょっとした。「ちょ、ちょっと待って、ここでその姿になるなよ!」

眼前にタオルで隠していない股間が露《あら》わになり、慌てて視線を逸らす。リュウはまったく気にしていないのか、堂々と引き締まった肉体美を晒《さら》して言った。

「この姿じゃないとお前を洗ってやれないだろ」

「だから、洗わなくてもいいって。自分でやるからさ。大体、何で急に戻るんだよ」

思わず椅子から立ち上がり、後退った。しかし、リュウもじりじりとにじり寄ってくる。

「冷えた腹があったまったのと、後はお前にずっと触れてもらっていたから元気になったんだろ。何を恥ずかしがってるんだ、遠慮するなよ」

「遠慮なんかしてない。本当にいいってば。気持ちだけもらっておくから」

「気持ちは態度で示さないと。ほら来いって」

ぐっと手首を摑まれる。力勝負では敵《かな》わない。濡れた足場はつるつると滑って踏ん張りがきかず、結局、すぐに引き摺られて無理やり椅子に座らされてしまった。

「……っ」

そわそわと落ち着かない思いでいると、石鹼を泡立てたタオルで背中を擦られる。

他人に体を洗ってもらうことなど初めてで、ピクッと全身を強張《こわば》らせた。肌をタオルが撫でる感触。適当にゴシゴシとタオルを滑らせる普段のやり方とは違って、隅々まで丁寧に優しく洗ってもらい、思わずほうと息を漏らした。強くもなく弱くもなく、ちょうどいい力加減が気持ちいい。そういえば、父親と一緒に風呂に入ったのはいくつまでだっただろうか。子どもの頃は父の背中をこんなふうに洗っていたなと思い出した。もっと強く擦れと言われた記憶がある。

リュウが訊いてきた。

「どうだ？　痒いところはあるか？」

「ううん、大丈夫」凌は首を振って答える。「すごく、気持ちいい」

「……そうか」

ふいに、背中を擦っていたタオルが脇の下を伝って胸元にまで伸びてきた。羊の毛を思わせる白いもこもこの泡が乳首の周辺を撫で回す。

ぎょっとして、咄嗟に男の手を叩き落とした。背後で「イテッ」とリュウが声を上げる。

「おい、何をするんだ」

「何をするんだはこっちのセリフだ！　前はいいよ、俺が自分で洗えるって」

「遠慮するなよ。お前も俺を引っくり返して、ありとあらゆるところまで素手で洗ってくれたじゃないか。気持ちよかったから俺もお返しをしないと」

真面目な顔をして本気か冗談かわからないことを言い出したリュウから、慌ててタオルを引っ手繰ると、不満顔の彼を強引に湯船に押し込んだ。

「男同士なのに、案外と照れ屋だな」

「うるさいっ」

男同士だから余計に体を洗い合うのはおかしいのだ。友達同士でもそんなことはしない。リュウが何を考えているのかさっぱりわからなかった。彼の友人たちとの間ではそういう裸の付き合いが当たり前なのだろうか。感覚のズレを感じる。

湯船からじっと注がれる視線に気づいて、ビクッとした。浴槽の縁《へり》に両肘を乗せて、リュウがこちらを眺めている。何でそんなに見るんだよ。無性に恥ずかしくなり、尻で引き摺って椅子の位置を変えた。背中を丸めるようにしてタオルを肌に擦りつける。わけもわからず心臓が激しく脈打ち、湯船に浸《つ》かっていないのにのぼせそうになって困った。貘のままでいてくれたらよかったのに——凌は熱気で火照った体を急いで洗って、シャワーで流した。

そのタイミングを見計らって、ザバッと湯船から再びリュウが出てくる。

「なっ、何⁉」

思わず身構えると、リュウが「頭を洗ってやる」と言った。

「は？　え、いいって。自分で洗えるし」

「いいから、俺にやらせろ。得意なんだよ」

一度は拒否したが、もちろん聞き入れてはもらえず、リュウがいそいそと別の椅子を持ってきてスタンバイする。前屈みに下を向かされた。

「シャンプーハットはないから、目を瞑ってろよ」

思っていたのとは違って、豪快な洗い方だ。濡らした髪にたっぷりと泡立てたシャンプーがのせられる。ガシガシと男らしく洗われるのかと思えば、意外なほど繊細な指使いに驚かされた。爪を立てないよう指の腹を使ってゆっくりと丁寧に洗われる。

「痒いところはないか？」

「うん、大丈夫」

想像していたよりもずっと気持ちいい。

「……随分と慣れているんだな。いつも、こんなふうに誰かの髪を洗ってたんだ？」

つい思ったことを口に出してしまった。感じの悪い質問だったかなと後悔したが、リュウは気にした様子もなく答えてくれる。

「年の離れた弟の頭をよく洗ってやっていたから」

「弟がいるのか」

「ああ。九年前に病気で亡くなったけどな。まだ十一歳だった」

「――！」

思わず顔を撥ね上げてしまい、「こら、泡が目に入るぞ。下を向いてろ」と頭を押し戻された。「流すぞ」と声が聞こえて、シャワーが降り注いできた。じわじわと温水が染み込み、泡が流れ落ちていく。

凌は目を瞑りながら、何度もリュウの言葉を反芻《はんすう》した。そんな早くに実弟を亡くしていたことにびっくりした。

何を言っていいのかわからず、黙り込んでしまった凌に気を遣ったのだろう。一緒に湯船に浸かりしばらくすると、リュウが口を開いた。

「カフェを開くのは俺の昔からの夢で、ツバサ――弟の夢でもあったんだ」

「え？」

水面に落としていた視線を上げる。広い浴槽内で少し距離をおいて座っていた彼が僅かに目を細めた。

「両親が働いていたから、弟の面倒を見るのは俺の役目だった。ツバサは明るくて人懐こくて学校でも人気者で、将来はサッカー選手になりたいって言ってたんだよ。本当に元気で風邪もひかないような子だったのに、ある日突然、サッカーの試合中に嘔吐して倒れたんだ」

急いで病院に運ばれて、検査の結果、脳に腫瘍《しゅよう》が見つかったという。家族全員が耳を疑ったそうだ。その日の朝まで彼はどこも変わったところはなく、元気に出かけていく姿をリュウも含めて全員が見送っていた。すぐには信じられず愕然となったと、リュウは当時のことを語った。

「闘病中は、ずっと絵を描いてたな。運動神経もよかったけど、絵も上手かったんだよ。コンクールで入選するほどだったんだ。俺はよくあいつにメシやおやつを作ってやってたから、あれが美味しかったとか、これが食べたいとか、絵を描きながら食い物の話題で盛り上がって、病室で一緒に新しいメニューを考えたりもしてさ――」

兄ちゃん、コックさんになりたいって言ってたじゃん。絶対にお店を開いてよ。そうだ、カフェにしようよ。そしたら俺、毎日学校帰りに通うから！

「指切りして、約束したんだよ。それから三ヶ月ぐらいだったかな。余命宣告を受けてから一年だったたか。十一歳って、あまりにも短すぎるよな」

湯気越しに、遠い目をしたリュウが見えた。黙って話を聞いていただけの凌は、喉元に刺すような熱が込み上げてくるのを覚えた。慌てて無理やり飲み下し、潤んだ目をしきりにしばたたかせる。

大学を卒業したリュウは、一般企業に就職をして働きながら、夜はカフェ開業のノウハウを学ぶために専門のスクールに通っていたそうだ。大学時代のアルバイト代と合わせて開業資金が貯まると、会社を辞めて本格的に開業準備に入った。いい物件も見つかり、これでようやくというところまで漕ぎつけた時に、運悪く夢蟲の餌食になってしまったのである。

「店長が目の下にクマを作って青白い顔をしてる店に、客が入るわけないだろ」

浴槽の壁に肘をかけて足を伸ばしながら、リュウが自嘲《じちょう》混じりに言った。

「一刻も早く調子を取り戻したくてここを頼ったら、悪夢の件は解決したけど、代わりに対価として肝心の店舗を差し押さえられてしまったってわけだ。まったくツイてない。本当に踏んだり蹴ったりだよ」

恨みがましく指で弾いた湯がチャプンと跳ねる。その一方で、彼の口調はすでに割り切っているような明るさだった。起こってしまったものは仕方ない。非現実のような現実を受け止めて、今自分がやれることをやらなければという前向きな強い意思が感じられる。人として素直に見習いたい相手だと思った。彼の夢や過去を知ったら余計に応援したくなる。

「あのさ」

凌は湯船の中で身を乗り出すようにして言った。

「頑張ろう。早くノルマを達成して、二代目に戻ってきてもらおうよ。俺もできることは何でも協力するからさ」

湯気の向こう側で、リュウがきょとんとしてみせる。

「以前と比べたら仕事のペースは上がってるんだろ？　メメが袋作りが間に合わないって泣いてるけど、そっちも俺が手伝うし。とにかく、貘代理の任務を早く解いてもらおう。それで、ツバサくんと約束したカフェを開かないと。それがリュウの夢なんだからさ」

頑張ろうなと、凌はまるで自分の夢を語るかのように意気込んでしまった。

ぽかんとしたリュウが瞬いた。

「……凌。お前、いいヤツだな」

「え？」

そんなふうにしみじみと言われると、俄に恥ずかしくなる。「いや、別にそんなんじゃないって。俺だって、そっちに頑張ってもらわないとここから出られないわけだし。持ちつ持たれつの関係っていうか……」

その時、水面が急に波立った。不審に思って顔を上げると、離れていたリュウが湯船を掻き分けていそいそと寄ってくるところだった。

「ちょっと、何でこっちにくるんだよ」

「男同士、裸の付き合いは大事だろ。もっと近くで語り合いたい」

「いやいや、いいって。さっきの距離で十分話し合えるだろ。元の場所に戻ってよ」

慌てて壁を伝いながら横移動する。逃げる凌を不満そうに睨みつけて、リュウがムッとした。

「何だよ。さっきまでは俺のことを抱き締めて、なでなでしていただろうが」

「変な言い方するなよ！　貘の姿はかわいいからいいの。こっちは全然かわいくないし、デカイし……へ、変なフェロモン出てるし」

ごにょごにょと語尾を濁す。水も滴《したた》るいい男とはよく言ったものだ。濡れた髪を掻き上げて額を出した顔は崇めたいほどに整っている。厚い胸板が視界の端に入り、目のやり場に困った。男の裸体を見て、どうしてこんなにも動揺するのか自分で自分がわからない。

リュウが首を捻った。

「どっちも俺だろうが」

「ひっ、広い風呂なのにわざわざくっつく意味がわからない。ちゃんと手足を伸ばしてゆっくり浸かりたいの、俺は」

ブスッと拗ねた彼が「仕方ねえな」と呟いた。そして、ポンッと貘の姿に変化する。

パチャパチャと短い前肢を懸命に動かして、泳ぎ始めた。

「……貘って犬掻きができるんだ」

鼻先が重たかったのか軽く溺《おぼ》れそうになったので、凌は慌てて湯船から貘を救出した。

『こ、これなら文句ないだろ？』

凌の手の上でぶるんと身震いをしてみせる。ちょっと息を切らせているところがまたかわいい。凌は思わず脂下がり、湯を張った風呂桶を湯船に浮かべる。その中にちょこんとリュウを入れた。

「やっぱり、この姿が一番かわいい」

『……外見が違うだけで中身は一緒なのに、この扱いの差は何なんだ?』

まったく腑《ふ》に落ちないといった顔でリュウがむくれる。そんなやさぐれた姿もかわいい。

「カフェに貘のぬいぐるみを飾ったら? 俺が作ってプレゼントするからさ」

『どこまで貘に付きまとわれなきゃいけないんだ』

リュウが嫌そうに長い鼻で湯を飛ばしてくる。凌も負けじと湯を掛け返した。

「早く、夢が叶うといいな」

桶の中の湯を指で弾きながら言うと、リュウが一瞬、面食らったように目を瞠った。

『おう。お前も早く仕事復帰できるといいな』

丸い目がニッと笑った。

■7■

邸《やしき》から一歩外に出ると家事能力は著しく低下するが、その他の生活能力まで奪われたわけではない。

外部への買い出しは凌《しのぐ》の役割だった。

邸の住人は基本的には夜行性で、昼間は敷地の外へ出たがらない。庭は結界が張ってあるので平気だが、一歩外に出ると苦手な太陽光が燦々《さんさん》と降り注いでいるため、すぐに体力を削り取られてしまうのだ。秋になり陽射《ひざ》しはやわらいできたが、そんなことは関係ない。年中往来で行き倒れてしまう危険性を抱えている彼らは、昼間の外出は恐怖だと語る。

よって、唯一太陽光の影響を受けない凌が、外部の用事を引き受けているのだ。凌が邸にくるまでは、買い物はほぼ通販を利用していたらしい。そうして、余計なものまで買い込んでは浪費三昧《ざんまい》の生活を送っていたのである。

周辺の地理を覚えて点在するスーパーの位置も把握し、目ぼしい特売品をゲットした。与えられた金額の範囲でやりくりをする買い物術はどうやら健在のようだ。料理、掃除、洗濯が対価として奪われた家事能力の対象らしい。整体師の資格は活きているみたいだが、それだけでは家政夫の仕事には復帰できない。凌自身、一番腕を磨いてきたのが料理なのだ。相手の反応がもっとも感じられる分野でもあるため、少なくともそれだけは取り戻したかった。

洋館は町の中心部から離れた坂の上にあり、買い物には車を使用する。

邸のワゴン車には、見たこともない自動車メーカーのエンブレムが付いていた。怪しさ満載だったがきちんと動くし、引っ越しの時にリュウが運転するのを見ているので抵抗はなかった。しかも、ガソリンが少なくなってくると、いつの間にか補充されているのだ。とても不思議な車である。

いつものように食材を買い込んで帰宅すると、門扉《もんぴ》の前に人影らしきものが見えた。日傘を差して立っていたのはリュウだ。

そういえば、引っ越し作業の時も、彼は完全装備で現れたのだった。あの時は太陽が苦手だとしか聞いておらず、長袖長ズボンに日傘、サングラスの格好は大袈裟《おおげさ》だなとすら思っていたのだが、事情を知った今はまったく別の感想を抱いている。

そこまでして彼は凌を手伝ってくれたのだということ。

あの日は今日とは比べものにならないくらい、夏がぶり返したような暑さだった。半袖でも汗が噴き出すほどで、長袖の彼はもっと辛《つら》かったに違いない。

——一人で運ぶのか？　細い体だな、筋肉ちゃんと付いてるか？　お前、力仕事にむいてなさそうだもんな。仕方ないから、付き合ってやるよ。

彼の憎まれ口を思い返し、隠された優しさにキュンと胸が妖《あや》しくざわつく。

「……？」

咄嗟《とっさ》に胸元を押さえて首を捻《ひね》った。あれ、何だこれ――？

それにしても、あんなところでリュウは何をしているのだろう。

もしかして、凌の帰宅を見計らって出てきたのだろうか。いつも一旦あの場所に車を停めて荷物を下ろす自分を、手伝うつもりで待っていてくれたのかもしれない。

手前の角で一時停止して、ドギマギしながらチラッと前方を見る。しかし、そこにいるのが彼一人ではないと気づいた瞬間、アクセルを踏もうとした足をブレーキに戻した。

車中から首を伸ばして窺《うかが》う。リュウと一緒にいたのは十代後半の少年だった。

おそらく、男の子。ハニーブラウンの頭髪は、パーマをかけているのかやたらとふわふわしていて、色白の肌によく馴染《なじ》んでいる。遠目に見ても小顔でお目めパッチリ。かわいらしい顔立ちをしているので、一見女性と見紛《みまが》うほどだったが、それにしては体つきがすらっとしていて肉感的な部分がない。リュウと並んでいるので小柄に見えるが、おそらく身長は凌とそう変わりないだろう。全体的なバランスだと向こうの方がかなり華奢《きゃしゃ》だ。

七分丈のパンツにざっくりとした薄手のニットを合わせた彼は、甘えるような上目遣いでリュウの顔を覗《のぞ》き込んでいる。

誰だ――？

身を乗り出して凝視するも、日傘で隠されたリュウの表情はよくわからなかった。

何やら話し込んでいたようだが、突然、少年が右手でリュウの胸元を突っ張った。

ムッと頰《ほお》を膨らませた彼が怒って去っていこうとする。その手をリュウが摑《つか》んで引き止めた。

リュウが何か言う。それに対して、気に入らないというふうに唇を尖《とが》らせる少年。日傘を肩にのせたリュウが、困ったようにため息をつく様子が見て取れた。再び何やら話し込んでいたかと思うと、いきなり少年がリュウに抱きついた。

「……あっ」

思わず声が出てしまい、ハッと我に返った凌は慌てて口を塞《ふさ》いで首を引っ込めた。

一旦、呼吸を落ち着かせる。おそるおそる覗くと、まだ少年はリュウにべったりと抱きついていた。リュウも何か声を上げてはいたが、途中から諦《あきら》めたのか好きにさせている。

傍《はた》からは、喧嘩をしたカップルがすぐに仲直りしてイチャついているようにしか見えない。

「……何やってんだよ、こんな真昼間から人目につくところで」

呟《つぶや》いた自分の声が思った以上に刺々《とげとげ》しいもので、我ながら戸惑った。

動揺する胸の奥で急速にもやもやとしたものが渦巻いていく。無性に苛々《いらいら》し始める。

チラッと目線を向けると、少年が嬉《うれ》しそうに笑ってリュウに話しかけていた。リュウも満更《まんざら》でもない様子で相手をしている。

「――…っ」

胸がズキッと痛んだ。

仲良くじゃれ合う二人が視界に入っただけで、ますます苛立《いらだ》ちが募り、そんなわけのわからない自分の感情にまた腹が立つ。

もしかして、あの二人は付き合っているのだろうか――。

男同士だとわかっていても、そこはあまり気にならなかった。相手の少年が女の子と思われてもおかしくないような中性的な容姿をしているせいかもしれない。十歳近い年の差がありそうだが、人の趣味はそれぞれだ。

少なくとも、ただの知り合いでないのは明らかだった。周囲も気にせずあれほど堂々と抱き合える関係――。

考えた途端、先ほどよりも強い痛みに胸が押し潰《つぶ》されそうになって、咄嗟に両手で押さえた。心臓が嫌なふうに鳴り響いている。霧《きり》のように広がったもやもやが一層濃くなる。

「……何なんだよ、一体」

小さく喘《あえ》ぎ、凌はその場から逃げるようにUターンすると、迂回《うかい》して裏手のガレージに向かった。

ドンッとまな板の上に包丁を振り下ろす。

タタタタタンッと高速でタマネギのみじん切りをこしらえる。一個では物足りなくて、もう一個切り刻んだ。

無心で包丁を動かしていたはずが、いつの間にか脳裏に先ほどの映像が流れ始める。

日光が苦手なくせに、わざわざあんなところに立っていたのは、別に凌を待っていたわけではなかった。

あの子がリュウの恋人——？　もしかしたら、彼には誰か待っている人がいるのかもしれないと下世話な想像をめぐらせたこともあったが、同性の恋人とは予想外だった。

どうりで凌に対してもスキンシップがやたらとベタベタしていたわけだ。

遠目に見た二人のやり取りが蘇《よみがえ》る。あの喧嘩は、ヤキモキした年下の彼がまだここから出られないのかとか何とか、そういう不満をリュウにぶつけていたのかもしれない。

まさかあの子、高校生じゃないよな——？

かわいらしく唇を尖らせていた美少年の姿を思い出して、凌は包丁を握り締める。

「……あー、イライラする」

自分でも何に腹を立てているのかわからず、正体不明の怒りを何の罪もないタマネギにぶつけるしかなかった。

「おや？　今日はまた随分と荒れているねえ。美しい顔が台無しだ」

ふいに声が聞こえてきてビクッとする。ぬっと顔の真横に気配を感じて、ぎょっとした凌は「うわっ」と反射的に一歩飛び退《しさ》った。

ニヤニヤと笑っていたのは、キングだった。

「び、びっくりした」

思わず包丁を構えた凌の手元をチラッと見て、キングが笑みを引き攣《つ》らせた。

「……うん、悪かった。とりあえず、その物騒なものを引っ込めてくれないか。僕はこんなふうにはなりたくない」

まな板の上に山盛りになったタマネギのみじん切りに、同情の眼差《まなざ》しを向ける。

「今日のディナーはオニオンのフルコースかい？　僕としてはあまり歓迎しないな。オニオン臭はなかなかキツイものがあるからね。ああ、目も痛くなってきた」

襟足《えりあし》の長い漆黒の髪を無駄にさらさらとさせて、キングが目元をくっと押さえる。普段は滅多に台所に姿を見せないのに、何をしに来たのだろう。

「ところで、凌。例のものは入手してくれたかい？」

彫りの深い美貌《びぼう》がぐっと前のめりに訊《き》いてきた。凌は反射的に顔を引いて、ああそうだったと思い出す。

「チーズでしょ？　ちゃんと買ってきたよ。冷蔵庫に入ってるから」

「おおっ、Merci！」

ぱあっとエキゾチックな顔立ちをほころばせたキングは、ノリで凌に抱きつき、頬にチュッとキスを落とした。唖然《あぜん》とする凌をよそに、彼はいそいそと冷蔵庫に向かう。

以前、スーパーで安売りしていたのを食卓に出したのがきっかけで、最近のキングは某メーカーの六ピースチーズにハマっている。

それよりも、キングというくらいだからてっきり英国人だと思っていたが、実はフランス出身なのだろうか。家の中でも常にブラックスーツ着用だし、食事以外はどこで何をしているのか姿をほとんど見かけないし。住人の中で一番謎の多い男かもしれない。

お礼のキスをされた頬を手で押さえて、凌はあれと思った。

キングに抱きつかれて、キスまでされたのに、自分はそのすべてを何の抵抗もなく挨拶として受け入れている。リュウに抱きつかれると、あんなに心臓がドキドキするのに――。

「最近は好みの人間がやってきても、凌が邪魔してあのポンコツ貘《ばく》に回してしまうから、暇で暇で困っているんだよ。食べることしか楽しみがないじゃないか」

チーズの銀紙をちまちまと剝《は》がして、口に放り込みながらキングが不満を漏《も》らした。

「キングはお客さんを部屋に連れ込んで何をするかわからないし、危険だから」

凌は包丁を置いて、タマネギを入れるボウルを棚から取り出す。

「男はいつだって危険なものだよ。特に美人を前にするとね」

ふいに腕を取られたかと思うと、棚へ追いやられた。キングは凌の顔の両脇に手をついて囲い込んでくる。ニヤリと人の悪い顔で笑う。

「君も試してみるかい？」

「……は？」

「ポンコツ貘にばかりかまってないで、たまには僕と遊んでくれないかな？　僕だって、初めて会った時から凌がお気に入りだったんだよ。この顔は美しい。もう少しばかり鼻が高ければ完璧《かんぺき》だったが、そこは愛嬌《あいきょう》だ。どうかな？　今夜は僕の部屋でめくるめく情熱の一夜を過ごしてみない……かっ」

語尾を撥《は》ね上げたキングの首がコキッと左に大きく傾いた。

「何やってやがる。この破廉恥蝙蝠《はれんちこうもり》が」

キングの背後に立っていたのはリュウだった。キングの側頭にぐりぐりと捩《ね》じ込んでいるのは日傘の柄。ぐりぐりと押しやりながら、凌の腕を摑み、素早く自分の方へ引き寄せる。

「イタ、イタタタッ、何をするんだ野蛮な半貘め」

「人の大事なパートナーに手を出すなと最初に言ったよな？　本当に油断も隙もねえな」

「お前のせいで、こっちは釣り糸を垂らして獲物が引っかかるのを今か今かと待っているのに、釣れた途端に横から掻《か》っ攫《さら》われていくんだぞ。さっさと人間に戻って出て行け！」

「俺だってそうしてーよ！」

二人はしばらく言い合いをしていたが、やがてキングは飽きたのかポンッと蝙蝠に変化する。『飛べない貘め』と、リュウの頭上を揶揄《からか》うようにぐるぐる旋回した後、台所を出て行ってしまった。

嵐が去り、静寂が戻ってくる。

「大丈夫だったか？」

リュウが振り返って訊いてきた。

「あ、うん」

凌は頷《うなず》く。といっても、キングのあれは彼流の冗談のようなものなので、最初から本気で受け止めていたわけではない。たぶん、本当に退屈で仕方なかったのだろう。

「おい、あいつに何もされてないだろうな」

しかし、リュウは真剣な顔をして訊いてくるので、困ってしまった。凌が思うに、どちらかというと、キングの好みはリュウの方だと思うのだ。キングの部屋にコレクションされていた世界中のファッション雑誌。各付箋《ふせん》がつけられていて、どのモデルも男女とも超越した美形ばかりだった。メンズモデルは中性的なのよりも男臭いフェロモン系で、どこかストイックな部分もありつつ、眼力で相手を惹《ひ》き付けるタイプが好みらしい。この邸の住人でいえば、まさにリュウだ。

およそ見当違いの質問だったが、彼が凌のことを心配して助けてくれたのだとわかると、現金にも心がふわっと舞い上がった。——人の大事なパートナーに手を出すなと最初に言ったよな？　リュウの声が蘇り、ぶわっと体温までが上昇する。

「いつの間に帰ってたんだ？　門の前で待ってたが、車は通らなかったぞ」

驚いた。凌はハッとリュウを見つめた。

「……本当に、俺のことを待ってたんだ」

「え？」

訊き返されて、凌は慌てて首を横に振った。

「何でもない。ちょっと用事があって、裏側の道から帰ったんだ。ガレージの方から入ったから」

「珍しいな。向こうは階段があるし台所まで遠いから、荷物を抱えて上がるのは面倒だって言ってたのに」

「あー……うん、まあ」

曖昧に言葉を濁す。バツの悪い思いついでに、おずおずと訊いてみた。

「さっき、門の前で誰かと一緒にいるのを見かけたんだけど」

リュウが軽く目を瞠《みは》った。凌は急いで、「二階の窓から見えたんだ」と嘘の言い訳を付け加える。

「ああ」リュウが僅《わず》かに顔を顰《しか》めて言った。「ライムのことか」

ライム？　親しげな呼び方にピクッと眉が上がる。

「あいつは、なんというか――…同業者？　みたいなもんだよ」

「え、同業者？」

思わず鸚鵡《おうむ》返しに訊くと、リュウが頷いた。

「厳密に言うと違うのかもしれないけど。俺はこっちの世界のことはよく知らないし、まあでも夢稼業関係者なのは確かだな。ここしばらくはやけに静かだと思ってたら、急な仕事が入って出かけてたらしい。戻ってきたから、土産《みやげ》を持って報告にきたんだよ」

脇に抱えていた箱を差し出す。全国でも有名な温泉地の饅頭《まんじゅう》だった。

何だ——凌は内心ホッとした。あの美少年は同業者だったのか。

そう考えて、ふと我に返る。——ん？　ホッとした……？　何で二人の関係を確かめて、自分がホッとしなくてはいけないのだろうか。

そういえば、先ほどまで胸に渦巻いていたもやもやが綺麗《きれい》さっぱり消えていることに気がついた。苛々した気分も収まっている。

これってまるで、俺があの子に嫉妬していたみたいじゃないか——？

「…………」

思わずじっとリュウの顔を見つめた。彼が不審そうに眉根を寄せる。

「凌？　どうした」

首を傾《かし》げられて、素早く瞬《しばたた》いた凌は「何でもない」とかぶりを振った。今、何か、とんでもない勘違いをしそうになった気がする。——いやいや、まさかそんなわけがない。急に動《どう》悸《き》がし始めて、慌ててリュウから視線を外した。

「そうだ。お前に頼みがあったんだ」

思い出したように、リュウがジーンズのポケットから何やら取り出した。折り畳んだルーズリーフ。何だろうと、リュウが紙を開くのを待つ。

見せられた紙面には、細かい文字と簡単に色付けしたイラストが書いてあった。

「……これって、レシピ？」

文字は材料と作業工程で、イラストはプレートに盛られた料理の完成図だ。

「そう」と、リュウが頷いた。「これを作れるか？　材料はさっき買い出しに行ってもらった時に足りないものは頼んでおいたから、全部揃《そろ》っているはずだ」

「ああ、そっか。みんなのメモにカレー粉や胡桃《くるみ》を書いたのはリュウだったんだ」

材料の欄に目を通しながら、凌は納得した。

「胡桃はキングがツマミにするのかと思ってた。カレー粉なんて、ルーがあるのに何に使うのか不思議だったんだけど……ドライカレーか」

「根菜のドライカレーに、胡桃を入れて食感をプラスしたら美味《おい》しいんじゃないかと思うんだよ。おっ、ちょうどタマネギのみじん切りがあるじゃねえか。これ、何に使うつもりだったんだ？」

ぎくりとする。ボウルに山盛りのタマネギについて訊《たず》ねられて、凌は返答に窮した。

「うっ、いや、特にはまだ何を作るかは決めてなくて……ドライカレーに使う？」

「いいのか？」

嬉しそうにされると、後ろめたさに心が痛む。凌は顔を引き攣らせながら「どうぞ」と頷いた。

リュウの体は貘の副作用で今や住人泣かせの料理オンチになってしまったので、自分で作ってもレシピ自体が成功なのか失敗なのか判断がつかないのだという。

それでも、この半年の間ずっと、店で出すメニューのアイデアを考え続けていたそうだ。

彼が部屋から持ってきて見せてくれたバインダーやノートには、数々のレシピがイラスト付きで記されていた。聞けば、大学の頃から書き溜《た》めているものらしい。その中には、幼くして亡くなった弟との思い出が詰まったレシピもたくさんあった。定番からオリジナルの創作料理まで。カフェではよく見かけるような料理でも、レシピを読むと独自のアレンジが利いていて結構面白い。これを実際に作ってみたらどんな味になるのだろうか――凌までワクワクしてくる。

「頭の中では大体こんな感じかなというのはある程度イメージできるんだけど、やっぱり実際に作って食べてみないと微妙な味の調整や食材の足し引きはできないだろ？　ここに書いてあるのはあくまで目安だ。この通りに作ったら、もしかしたら不具合が出てくるかもしれないから、その辺はお前に任せる」

「まあ、一応このレシピ通りに作ってみるけど。細かいところは味見しながら調整したらいいんじゃない？」

リュウに監修してもらいながら、さっそく調理に取りかかった。人参《にんじん》やレンコンを切り、それぞれの調味料を計って準備していく。ローストした胡桃も手で割っておいた。スパイスは買わなくても棚に揃っている。リュウが通販で買い揃えたそうだ。

「やっぱり、手際がいいな」

「……そ、そうかな？」

傍から感心したように言われて、凌はつい頬を弛《ゆる》ませてしまった。

「家政夫って、どんな料理を作るんだ？」

「んー、いろいろだよ。訪問した家庭によって要求されるものが違ってくるし。普通の家庭料理がいいって言う人もいれば、これが食べてみたいってネットから拾ってきた外国の料理名をリクエストされることもある。その場合はこっちも調べて勉強しなきゃいけないけど。子どものいる家は子どもが好きな料理が中心だし、高齢者のお宅だと和食かな。歯が悪いから柔らかくて食べやすいものがいいとか、煮物が好きだとか」

「ふうん。それぞれの食の好みを把握して各家庭の献立を作るのは大変だな」

「まあ、最初はメモばっかり取っててノートがすぐ埋まっちゃったけど。慣れてくると献立を考えるのも楽しくなってくるというか。美味しいって言ってもらえると嬉しいし」

「ああ、その気持ちは俺もよくわかる。学生の頃はいろいろな飲食店でバイトしてたんだ。客の反応が返ってくるのが嬉しかった。でも一番印象に残ってるのは、やっぱりツバサの笑顔だな」

思い出したのか、リュウが僅かに目を伏せた。

「よかったら、他のレシピも俺が作ろうか？」

ハッとこちらを向いたリュウが不思議そうに首を傾げた。

「その中には、ツバサくんと一緒に考えたレシピもたくさんあるんでしょ？　俺も作ってみたい。ここを出てから試作してたら時間がかかってもったいないし、せっかくなんだからここで完成させちゃおうよ。試食係なら口うるさいのが三人もいるんだから、いろいろと意見も聞けるだろうしさ」

「……協力してくれるか」

少し驚いたような顔をしながら頼まれて、凌は笑顔で答えた。「もちろん」

料理は好きだが、今日はいつにも増して楽しかった。

途中で味をみながら、リュウと意見を言い合って、調味料やスパイスを足していく。そうやって出来上がっていく過程が本当にワクワクして楽しい。それに、こんなにリュウと互いのことについて話したのは初めてだった。仕事に対する根本的な考え方や、その仕事において自分が何に対して喜びを感じるかなど、似ている点が多いことに気づく。二人とも相手のリアクションがあってこその職業を選んだのだから、やはりお客さんの嬉しそうな顔が一番の励みになるところは大いに共感できた。

「お前、コーヒーコーディネーターの資格も持ってるのか？」

凌の話題になり、リュウが驚きの声を上げた。

「うん。最初は家政夫で訪問した家の奥さんが大のコーヒー好きでさ。いろいろと教えてもらったんだよ。それがきっかけで独学で勉強して、せっかくだから資格を取ったんだ。ラテアートもできるよ」

他にも、野菜コーディネーターやマクロビオティックなどの資格も取得済みだ。仕事上、知識はあるに越したことはないし、凌の性格上、一つ興味を持つとそこから枝葉のように広がっていって、あれもこれも欲しくなってしまう。そのために暇があれば勉強に時間をあてることは苦ではなかった。資格マニアだと笑われても仕方ない。

「お前、凄いヤツだな」

リュウが笑って言った。

「それだけの知識があればうちのカフェでも役立つぞ」

「……え？」

思わずドキッとしてしまった。今の言葉は一体どういう意味だろう。

「おい、焦げるぞ」

「——え、あっ」

慌ててフライパンをコンロから離して、火力を弱めた。焦げないようにドライカレーを煮詰めながら、反省する。どうせ深い意味など何もないに決まっているのに、あんな一言に動揺してしまった自分が恥ずかしい。

最後に味を微調整して、ドライカレーが完成した。

炊き立ての白米と一緒に一口味見をしてみる。思わずリュウと顔を見合わせた。

「美味しい、これ！　俺なら、この味を食べに店に通いたくなるよ」

「本当に？」

「うん。今まで食べたドライカレーの中で一番美味しい。俺、お店のメニューにドライカレーを見つけたら割と注文する方だから、その中でもダントツだと思う」

素直な感想を伝えると、リュウが一瞬面食らったような表情をしてみせた。そして、ふっと嬉しそうに顔をほころばせる。

「そうか。凌にそう言ってもらえると、俺も自信が持てる。ありがとうな」

ドキッとした。見たことないくらい相好《そうごう》を崩し、目尻《めじり》をくしゃっとさせて、満面の笑みを浮かべている。こんなふうにも笑うんだ——初めて見る笑顔に、凌はきゅんと胸が掴まれたような気分だった。

微笑《ほほえ》んだリュウがふいに手を伸ばしてくる。頭をぽんぽんと撫《な》でられて、ますます心臓が

激しく撥ねた。

何だ、この動悸――。

夕食の時間になると、どこからともなくみんなが集まってきて、食堂に顔を揃えた。

カレーライスは食べたことがあっても、ドライカレーは三人とも初めてだったらしい。最初は物珍しげに皿の上を見ていたが、やがて一口頬張《ほおば》ると「美味しい！」「ほう、これはこれは」「なかなか美味じゃないか」と、口々に絶賛した。

「これ、リュウと凌の合作なの？」

今夜のメニューの経緯《いきさつ》を聞いたメメが、口まわりを汚しながら言った。

「リュウはお店を出すのが夢なんでしょ？　凌もそこで働けばいいよ。リュウの料理はヘタッピだけど、凌が作るとこんなに美味しいんだもん。あ、そうだ。うちの庭にお店を作ったらいいよ。そしたら僕、毎日通っちゃう」

気持ちのいい食べっぷりで二杯目に突入したメメの適当な思いつきに、凌は不覚にも胸をときめかせてしまった。

職場復帰を望む一方で、別の未来にも心を惹かれる自分がいる。

リュウの考案したレシピは独創性があるし、常連客がつく味だと確信している。この夢は絶対に実現させて欲しい。そして、そのために自分ができることがあるのなら、何でも協力したいと思った。

この味を食べに店に通いたいと、思ったままを伝えた凌に対して、リュウが本当に嬉しそうに笑ったのを思い出す。

——そうか。凌にそう言ってもらえると、俺も自信が持てる。ありがとうな。

あの笑顔は、今度はお客さんに向けられるのだろう。お客さんも美味しいものを食べて幸せになれる。

彼がこれから作るだろう店の雰囲気が想像できる。そこに自分もいられたらいいなとこっそり考えて、頰を弛ませた凌は急いでスプーンを口に運んだ。

8

その日は秋晴れの空が広がり、洗濯日和《びより》だった。

朝食を終えると、全員の部屋から布団を回収して庭に干した。リュウとブツブツ文句を言うキングにも手伝ってもらう。華のない男所帯だが、こういう時は男手が多いと助かる。

「洗濯するものがあったら持ってきて」

朝食の席で声をかけたら、みんなどこに隠し持っていたのかここぞとばかりに洗濯物が集まってきて、結局、三回も洗濯機を回す羽目になってしまった。以前の洗濯機は古くて使い物にならず、凌が来るまでどうしていたのかと疑うほどだったが、新しく経費で購入したペンギン印の洗濯機はとても使い勝手がいい。作業着姿のペンギンが運んできてくれたので、人間界のものでないことは一目瞭然《いちもくりょうぜん》だったが。

洗い終わった洗濯物は、メメとタナカが手伝ってくれて、日当たりのいい庭の一角に干した。最近は、凌がいちいち声をかけなくても彼らの方から率先して手を貸してくれる。あれほどぐうたらだった三人が、邸を動き回っている姿は見ていて何だか嬉しい。

午後になって雑用を済ませてから居間を覗いてみると、取り込んだ布団の上で貘と羊がすやすやと昼寝をしていた。

敷地内には結界が張ってあるため、住人たちに日光の影響はない。しかし布団はたっぷりと陽光を吸い込んでふかふかに膨らんでいた。

午後からは曇ってきたので早めに取り込んでもらったが、この陽だまりのような心地よさには抗《あらが》えなかったらしい。なぜか二人とも変化してお昼寝を満喫中だった。

居間のポールハンガーではキング蝙蝠がぶら下がってお昼寝中。タナカ梟《ふくろう》はソファでお昼寝中。みんな人間をやめて動物の姿でごろごろしているのは、何かルールでもあるのだろうか。

「……癒やし空間だな」

思わず頬を弛ませる。凌にとっては目の保養だ。

布団の傍《そば》に近付いて、そっとしゃがみ込んだ。気持ち良さそうに眠っている貘と羊を眺めてニヤニヤと脂下《やにさ》がる。いいなあ、かわいいなあ。一緒に混ざりたいなあ。もし、自分が彼らのように動物に変化できるとしたら、何になるのだろう。

とりとめのない妄想を繰り広げるのにぴったりな秋の昼下がりである。

家政夫として働いている時には、朝から晩まで忙しく動き回っていた。少し手があくと、その時間がもったいなくて、常に持ち歩いている資格の参考書を広げて意識的に無駄な時間を作らないよう心がけていたのだ。こんなふうにたまにはのんびりと何もしない時間を過ごすのもいいなと思うようになったのは、この邸に来てからだ。

そっとリュウの毛並みを撫でてやる。

布団の熱を吸い込んだ獣毛はほんのりとあったかくて、ビロードの手触りが気持ちいい。ツートンカラーの毛はやはり黒の方が熱を吸収するせいか、背中よりも頭や尻《しり》の方が熱く感じられた。メメは自分も一緒に天日干ししたかのように、白い毛が倍に膨らんでもふもふしている。

「かわいいなあ……」

貘の白い腹毛を優しく撫でてやると、前肢《まえあし》がぴくっと動いた。もぞもぞっと身じろぎをした彼は、目を閉じたまま凌の人差し指を手探りで摑むと、まるで抱き枕のようにしがみついてくる。思わずキュンと胸がときめいてしまった。

「……ヤバイ。ここを出たら、ペットショップに直行してしまうかも」

味気ない一人暮らしに耐えられるか心配になる。それと同時に、無事に二代目との交渉が上手くいったら、もう彼らとは接点がなくなってしまうのだなと考えて、少し寂しくなった。貘のぬいぐるみはリュウの店よりも凌の自宅に置くべきかもしれない。

時計を確認する。

みんなまだ起きないだろうから、今のうちに買い物に行ってこよう。

名残惜《なごりお》しかったが、リュウの前肢から人差し指をそっと引き抜こうとしたその時、ふいにしがみついていた肢の方から離れた。

黒い毛に覆われた顔がパチッと丸い目を開く。ねぼけまなこのまま呟いた。

『……凌？』

「あ、ごめん。起こしちゃったか」

リュウが目を覚ました。パチパチと瞬き、むくっと起き上がる。後ろ肢を放り出してぽてっと座った格好がまたかわいらしく、凌はニヤニヤしてしまう口元を懸命に閉じた。

「みんなお昼寝中だから、今から買い物に行ってくる。リュウもせっかくだしもう少し寝たら？」

『もう目が冴《さ》えた』

くわあっと一つ大あくびをして、窓の外を見る。

『曇ってきたな』

「ん？　ああ、そうだな。でも、雨は降らないみたいだけど。降るのは夜からだってさ。じゃあ、俺は買い物に行ってくるから。留守番頼むよ」

『待て』

立ち上がろうとした凌を呼び止めて、リュウが見上げてきた。

『俺も一緒に行く』

「え？」と、訊き返した凌の膝にぽてっと前肢を置いて、リュウがよじ登ってきた。

『外は曇っているし、寝たから体力も十分だ。散歩がてらについていってやるよ』

大丈夫なのかと心配するも、本人は行く気満々だ。反対しても無駄なのは目に見えているので、仕方なく一緒に出かけることにした。

車の運転は凌が引き受けて、寝起きのリュウは貘姿のまま助手席にクッションを置いてその上に座らせる。シートベルトをしてやると、『苦しい』と文句を言ったが安全のためには我慢してもらうしかない。

「案外、似合ってるよ」

『あんまり嬉しくない。つーかお前、笑ってるじゃねーか』

ムスッとむくれたリュウを横から宥《なだ》めつつ、凌はニヤニヤしながら車を発進させた。

リュウにはトートバッグに入ってもらい、スーパーで買い物をする。調子に乗ったリュウがカートに飛び移り、傍にいた小さな子どもが不思議そうにじっと見上げてきた時はぎくりとしたが、貘のぬいぐるみになりすましてどうにかやり過ごした。

「もう、あんまり暴れるなよ。さっきの、子どもだったからよかったけど、危なかったぞ」

『やっぱりこの体は不便だな。お前と話をするのも、いちいち気を遣わなきゃいけないなんて鬱陶《うっとう》しい。人間に戻るか』

「ちょ、ちょっと、こんなところで変身するなよ」

『あの辺なら人目につかないだろ。お前が壁になってくれればすぐだ』

「ダメだって。あそこは店員さんの通り道だよ。防犯カメラだってあるんだし。見つかったら大騒ぎになるってば」

大根と牛乳パックの隙間からよじよじと這《は》い出そうとするリュウを、必死に押し返す。

「そうだ、アイス！　アイスを買ってやるから、そのまま大人《おとな》しくしててよ」

『俺を食い意地の張ったヒツジと一緒にするなよ——……餅《もち》のヤツで手を打ってやる』

仕方ねえなと、ようやく諦めてくれたリュウの頭を、凌は苦笑しながらよしよしと撫でてやった。

そういえば、こんなふうにリュウと一緒に出かけるのは初めてかもしれない。日が落ちてから仕事の付き添いで外を歩き回ることはあったが、昼間の外出はずっと凌一人だった。

それが当たり前になっていたから、今まで特に何も思わなかったけれど、こうやってあれこれ話をしながらの買い物は思った以上に楽しかった。

何だか、一風変わったデートみたいだ。そんなことを考えてしまい、凌は一人であたふたと狼狽《うろた》える。

最近、自分でも自分がよくわからなくて戸惑うことが増えた。どう対処していいのやら、持て余している感情のすべてがリュウに対するものだ。貘の姿だとかわいさの方が先立って影響は少ないけれど、人間の姿の時は妙に鼓動が跳ね上がってしまう。

『あれも美味《うま》そうだな。おっ、こっちのは初めて見るぞ。俺の知らない間に新製品がたくさん出てるじゃねーか』

「一個だよ。食べ過ぎるとまた腹を壊すぞ」

カートから身を乗り出しあれこれ目移りするリュウを窘《たしな》めて、ようやくレジに辿《たど》り着く。いつもより大分時間をかけてスーパーを後にした。

車に乗り込むと、大人しくシートベルトをしたリュウが突然、行きたいところがあると言い出した。

場所を聞くと、隣町だが距離はそれほど遠くない。道を指示すると言うので、凌は素直に従った。

リュウのナビで知らない町を走る。凌自身はあまり縁のない町だ。仕事で訪れた記憶はなく、確か高校時代の友人に誘われて、一度だけ中心地の繁華街で飲んだことがある。それくらいだった。

住宅地に入る。

リュウは細かい脇道にも詳しく、右折や左折の指示も早い。よく知っているふうだった。もしかして、この町に暮らしていたのだろうか――。

車通りの多い道に出て、信号を真っ直《まっす》ぐ進む。

『その先の四つ角を左に曲がってくれ。そうしたら三角屋根の建物が見える』

指示通りに左折すると、リュウが言った通り、黒い三角屋根と白壁のかわいらしい建物が見えてきた。

『そっちが駐車場だ。そこに車を停めてくれ』

駐車場の入り口にはチェーンが渡してあった。リュウは自分がそうしたのを忘れていたらしく、凌が一旦車を下りて外してから中に入る。

『貘のままでいてよかったみたいだな』

リュウがホッとしたように言った。

『前にここに来た時は、俺が運転していた車は入れなかったんだ。見えない壁があるみたいに、車がまったく前に進まなかったんだよ。今日は凌が運転しているから大丈夫らしい』

リュウがこの建物に拒まれる理由は、それが対価だからだ。ここがどこなのか、すぐに見当がついた。

『俺の店なんだ』

車から下りて、凌の腕の中からリュウが三角屋根の建物を眩《まぶ》しそうに見上げた。

古民家を改築した開店間近のカフェは、半年前から時間が止まってしまっている。看板はまだなかった。業者に発注した看板が届いたのは、二代目に貘代理を押し付けられた翌日のことだったらしい。店に入ることもできず、知人宅に預ってもらっているのだという。

リュウに案内されて、店の入り口に回った。

鍵を渡されたが、鍵穴に差し込む前にバチッと静電気のようなものに阻《はば》まれた。試しに扉の取っ手を触ろうとしたけれど、更に強い静電気に弾《はじ》かれてしまう。

「ごめん、俺でもダメみたいだ」

ダメもとでリュウが前肢を伸ばしたが、その瞬間、何かに突き飛ばされたかのようにポーンと凌の腕の中から後方へ飛んでいった。「リュウ！」凌は慌てて駆け寄り、地面に転がっている貘を抱き上げる。

『——…仕方ないな』

リュウが達観したような口ぶりで言った。『対価として差し押さえられている以上、ノルマを達成して二代目から店を取り戻すのが一番の近道だ』

白黒の毛についた砂埃《すなぼこり》をはたいてやっていると、店の裏側に行きたいと頼まれる。

細い砂利道を通って裏手に回ると、こぢんまりとしたテラスがあった。

『以前、試してみたんだが、テラスには入れないけどあそこの木の下までは行けるんだ。どういう基準なのかよくわからないんだけどな』

確かに、駐車場よりも裏庭の方が店舗に近い。その駐車場は本人の運転では入れなかったが、今日は何の弊害もなかった。店舗も建物は全面的にダメだが扉の前までは大丈夫。同じ敷地内でも立ち入りの制限が厳しいところと緩いところがあるようだ。

リュウに促されて、立派な榎《えのき》の木の下に座った。

曇天な上に木陰なので、日が当たる心配はなさそうだ。漆喰《しっくい》の壁がぐるりと周囲を取り囲んでいるため、人の目を気にする必要もない。

凌の腕の中から下りたリュウは、すぐさまポンッと人型に戻った。

今朝から着ていたグレーのカットソーとジーンズというラフな格好で現れる。邸から貘姿で連れ出したのに、不思議なことにきちんとスニーカーを履いていた。訊いてみると、そこは本人も毎回疑問に思っている点なのだという。

だが、貘の名残も残っていて、昼寝をしていてついたと思われる寝癖を発見した。張りのある黒髪の後頭部がぴょこんと撥ねている。

前から見ると文句なしの男前なのに、後ろに回って自分だけが気づくこの隙がズルイというか、かわいいというか――凌は迂闊《うかつ》にも心を弾ませてしまった。

大樹の幹にもたれかかり、リュウはしばらく無人の店舗を見つめていた。

「ここには、よく来ているのか？」

訊ねると、リュウがチラッと目線をこちらに向けて言った。

「ああ、定期的に様子を見に。中には入れないけど、やっぱり長い間放っておくのは心配だからな」

凌が邸に住み始めてからも、時々深夜に一人で出かけていたと聞いて驚いた。

リュウが「そういえば」と呟く。

「ここに連れてきたのは、凌が初めてだ」

「え？」

思わず隣を見つめると、リュウが流し目を寄越して小さく笑った。

「水晶のお告げがあったとはいえ、お前まで俺の仕事に巻き込んでしまって悪いな」

急にそんなことを言われて、凌は面食らった。片膝を立てて、顎《あご》を乗せながらリュウが続ける。

「お前も外に出てやりたいことがあるのに、邸に閉じ込められて歯痒《はがゆ》いだろ。その気持ちはよくわかるよ。お前だけでも先に出られたらいいんだけどな。でも、俺の力じゃ水晶に奪われた対価を取り戻すことはできねえし。今の状態で外に出されたって、凌も困るよな」

「……それはまあ、困るけど」

凌は僅かな逡巡《しゅんじゅん》を挟んで言った。「だけど、俺がやりたいことっていうのは結局、邸の中にいても同じだなって気づいたんだよね。布団がふかふかで気持ちいいだとか、ゴハンが美味しいだとか。そうやってみんなに喜んでもらえるなら、場所はどこでも変わらないのかなって。最初は冗談じゃないって思ってたんだけど、案外、あそこの暮らしも慣れると楽しくなってきたっていうかさ」

首を捻ってこちらを向いたリュウが、虚を衝《つ》かれたような顔をした。一瞬の沈黙の後、「そうか」とふっと笑った。

「実は俺も、意外と居心地がよくて気に入っているんだ」

変なヤツらばっかりだけどと、付け加えた声には親しみが込められていて、凌も嬉しくなる。

「けど、やっぱり早くこの店をオープンさせたいよな」

リュウが白と黒の建物を見上げて、しみじみと言った。凌も新しい店舗を眺める。奇《く》しくも、貘の体の模様と同じだなと思い、今度は客として訪れたいと思った。

「そうだよ。早くオープンさせてよ。メニュー作りも着々と進んでることだしさ」

「そうだな」

リュウが僅かに目を細めて、独り言のように呟いた。「本当なら、全部一人でやる予定だったんだよな……」

それきり黙り込んでしまう。

チラッと横目に様子を窺ったが、リュウはぼんやりと店を見つめていた。

何を考えているのだろうか。順調に進めていた計画を狂わされて、二代目には思うところがいろいろとあるはずだ。凌だって、当初は無責任な二代目を恨んだ。だが、今はそう悪くもない人生の回り道だと思い始めている。

散々悩まされたけれど、悪夢を見なければ、今の自分はここにいなかった。そうなればリュウにも、あの邸の住人たちとも一緒に暮らしていなかったわけで、何の接点もなく、互いの存在すら知らずに各々が過ごしていたのだろう。

——ここに連れてきたのは、凌が初めてだ。

リュウの言葉が蘇って、今更ながらドキドキしてきた。ふわっと体温が上がる。妄想が過《す》ぎるかもしれないが、自分がリュウの特別な存在だと言われているようで嬉しかった。

この童話に出てくるようなかわいらしい店で、リュウが働いている姿を想像してみる。店内はコーヒーのいい匂いで満たされており、ここでしか味わえないメニューを求めてやってきたお客さんたちで賑《にぎ》わっているはずだ。凌もオープンしたらすぐに駆けつけるつもりでいる。扉を開けたら、リュウが笑顔で迎えてくれるのだろう。

——凌、三番テーブルにコーヒー三つな。

なぜか、注文を言い渡された。

「了解」と答えた自分は、手馴《てな》れた様子でカップをセットし始める。白黒のカフェエプロンをつけて、ポケットには貘のイラストのワンポイント。

新たな客が店内に入ってきた。凌は振り返り、リュウと一緒に声を張り上げる。

——いらっしゃいませ！

そこでハッと目が覚めた。

「……え？　あれ？」

一瞬、自分が今どこにいるのかわからず、戸惑ってしまう。榎の幹に寄りかかった体を起こして、目を瞬かせた。当たり前だが、エプロンは消えている。あれはすべて夢の中の話だと気づいて、俄《にわか》に恥ずかしくなった。いつの間にか眠ってしまったらしい。

隣からすうすうと気持ちよさそうな寝息が聞こえてきた。

振り向くと、リュウまでが木にもたれて居眠りをしていた。

「……二人して寝ちゃったのか」

凌はほうと息をつき、浮かした背中を木に押し当てて座り直す。その時、ことんと横のリュウが頭を倒してきた。肩に彼の頭が乗って、ドキッとする。

ふいに見たばかりの夢を思い出した。夢の中で、凌は客ではなく、リュウと一緒にこの店の店員として働いていたのだ。それもすごく自然にその場にいて、何の違和感もなくリュウの隣に立っていた。

一般的な夢には、時に自分の願望が現れるものだと、タナカが言っていた気がする。

願望――。

あの夢の内容が、凌の願望なのだろうか。本当は、あんなふうに自分もリュウと一緒にこの店で働きたいと思っている……？

肩に乗ったリュウの頭がもそっと蠢《うごめ》いた。凌はびくっと全身を強張《こわば》らせる。撥ね上げた肩の上で、リュウが目を覚ました。

「――…あれ？」

頭を上げた彼が不思議そうな顔で凌を見つめてくる。

「どっちが現実だ？」

意味不明なことを呟き、再びとんと今度は額《ひたい》を肩に落としてきた。

「……っ、ちょ、また寝る気かよ。そろそろ帰らないと……」

狼狽える凌に甘えるようにして額を押しつけてきたリュウが、「久々に夢を見た」と、ぽつりと言った。

「お前と一緒にここに来たせいかな」何かを思い出すような間をあけて、くすりと笑う。「夢の中では、俺と一緒にお前まで働いてたよ。二人で声を合わせて、客に『いらっしゃいませ』って言ってたんだ。全然違和感なくて、どこまでが夢なのか一瞬、わからなかった」

リュウがくすくすと思い出し笑いをし始める。

「――――!」

強烈な既視感を覚えて、凌は自分の耳を疑った。もしかして、自分とリュウはまったく同じ夢を見ていたんじゃないか――。

「まあ」と、リュウが笑いを嚙《か》み殺しながら言った。

「俺としては大歓迎だけどな。お前なら頼りになるし、うちのスタッフにスカウトしたいくらいだよ」

冗談めかした言葉に、ドキッと心臓が撥ねた。

「……か、考えとく」

リュウが驚いたように目を瞠った。すぐに目尻をくしゃりとさせて、くっくと笑い出す。

「そうか。じゃあ、考えといてくれよ」

ぽんぽんと頭を撫でられる。

「……っ」

動悸が激しくなり、一気に熱がぶわっと顔中に広がるのが自分でもわかった。

冗談でもリュウに一緒に働かないかと誘われたことが、どうしようもなく嬉しかったのだ。

■9■

夢蟲《ユメムシ》捕獲ノルマの百匹まで残すところあと二十匹。

リュウが一人で一匹狩っては二日寝込みを繰り返していたうちは、半年で半分いくかいかないかというスローペースだったが、凌がサポートに入ってからのこの一ヶ月余りで驚異的な巻き返しを見せている。

このままいけば、今月中にも二代目を呼び戻せるかもしれない。

「……何だか、最近の二人はやる気満々だよね。妙に張り切って、何かあったの？」

おやつのカップケーキにもしゃもしゃとかぶりついていたメメが、不満げな上目遣いで凌を見てきた。羊のくせにウサミミパーカーを着ているが、これはこれでよく似合っている。

「え？」

凌はギクリとした。

「べ、別に、何もないよ。ほら、ノルマの百匹まであと二十のところまできたからさ。ようやくゴールが見えてきたというか、あとちょっとだから頑張らないとって気合いを入れ直したところで……」

その背景には、リュウと一緒に三角屋根の店を訪れたあの時間があるとはさすがに言えない。

　悪夢でもないのに、偶然にも同じ夢を彼と共有してしまったことは、今のところ凌一人の胸にしまってある。夢が欲望の現れだというのなら、この邸を出てからもリュウは凌と一緒にいたいと思ってくれているのだろうか。だとしたら――それはかなり嬉しいことだ。自分の将来設計図を本気で変えてもいいかと思ってしまうくらいに。

「凌？」メメがチョコチップを口まわりにつけたまま訊いてきた。「どうかした？　顔が真っ赤だよ」

　心配そうに言われて、凌は瞬時に現実に引き戻された。

「だ、大丈夫。ちょっと暑いだけだから」

　メメが少し考えて、「これ飲んで。冷たくなるよ」と、自分の飲みかけのミルクのグラスをそっと押しやった。思わずほんわかとなる。「ありがとう」と礼を言って、凌は汚れたメメの口をナプキンで拭いてやった。

　まだ午後のお茶の時間には少し早いのだが、メメはお手伝いと称してこっそりフライングおやつにありついていた。今日はお昼寝が短くて、すぐに目が覚めてしまったらしい。とてとてと台所に現れて、ずっと凌にくっついて回っている。この後も、みんなでお茶をしながら自分のおやつはちゃっかり食べる気満々だ。この小さな体のどこにそんな大量の食糧が吸い込まれていくのか謎である。

「凌もリュウもさあ」

「ん？」

椅子《いす》に座ったメメが足をぶらぶらとさせて、チラッと恨めしそうに見上げてきた。

「そんなに、ここから早く出て行きたいの？　僕たちと離れたい？」

予想外の言葉に、凌は目を丸くした。メメが拗《す》ねたように唇を尖らせて、ふいっと視線を下方に落とす。ぶらぶらと揺れる自分の足を思い詰めたように見つめている。

「そ、そういう意味じゃないよ」

凌は慌てて訂正した。

「俺は、ここが好きだよ。メメもいい子だし、みんなとの暮らしも慣れてきて楽しいし。リュウも同じことを言ってた。でも、ずっとこのままっていうわけにはいかないんだよ。外での生活もあるしさ。特にリュウは、叶《かな》えたい夢があるから。それは応援してあげないと」

「…………」

メメもリュウと二代目との間にどんな事情があるのかはよくわかっている。ムスッと頬を膨らませつつも、こくんと頷いた。

「凌がいなくなったら、もうカップケーキ食べられない？」

かわいい心配をするので、凌はよしよしと、くるくるしたやわらかい髪の毛を混ぜながら言った。

「そんなことないよ。いつでも作ってやるから。俺、メメがもりもりと美味しそうに食べてくれるのを見るのが好きだし」

ハッと見上げてくるメメがはにかむように笑った。きゅんとする。

「もう一個食べてもいい？」

「いいけど、そろそろ居間に移動しようか。お茶の時間だから、もうリュウたちも起きてるんじゃない？　さっき、声が聞こえたけど」

「ちょっと見てくる」と、メメがとてとてと台所を飛び出していく。

その後ろ姿を見送りながら、随分と情が移ってしまったなと苦笑する。

リュウは凌よりも長い時間ここにいるのだから、もっとずっと複雑なはずだ。

早く二代目を呼び戻してもとの生活に戻りたいけれど、メメたちと別れるのは辛い。板挟み状態だ。


今日も夜がやってきた。

悪夢祓《ばら》いの予約が入っていない場合、町の見回りに出るのも祓い屋の仕事の一環だ。情報屋のムクドリが夢蟲の分布情報を知らせてくれるのだ。

今夜はリュウと二人で町の見回りだ。通報があった繁華街に向かう。

「ああ、あそこだな」

目を眇《すが》めたリュウが顎をしゃくって指し示した。

薄暗い路地裏の片隅に、もやもやっと霧がかかっている一角がある。凌は急いでゴーグルを装着した。

邸内では裸眼でもはっきりと夢蟲を捉えることができるのだが、外に出ると普通の風景の中に急に靄《もや》がかかった部分が出現して見える。目を凝らすと、何かが飛び回っているのがぼんやりとわかるくらいの感覚。多くの場合、そこに夢蟲がいるのだ。

以前、自分が刺された時は、確かに蟲《ムシ》の形を見た記憶があった。あの時の凌は、極端に体力や免疫力が低下していたか、あるいは精神状態が不安定になっていたかのどちらかで、視覚の境界線が普段よりも曖昧になっていたのだろう――というのがタナカの見解だ。

どちらかというと、夢蟲に襲われた後の方が精神状態は不安定だった。しかし、よくよく考えてみると、その前月から資格の試験日が重なっていて、休日は試験会場のハシゴをすることもあった。平常の仕事と併行しての試験勉強。本人は目標があるので時間を惜しみ精力的に動いているつもりが、気づかないうちに疲労やストレスが蓄積されていたのかもしれない。

それでも、夢蟲の姿を捉えることができるのは、やはり特殊な部類なのだそうだ。凌は悪夢から解放されてもぼんやりとその輪郭《りんかく》を察知できるため、素質があるとタナカに褒められたぐらいである。

――おそらく、リュウよりも貘の素質がありますよ。二代目に気に入られたら、リュウの次に交渉を持ちかけられるかもしれません。

それは勘弁してもらいたい。

凌は思考を切り替えて、ゴーグル越しに闇を凝視した。

支給されたそれは特殊加工が施されていて、人間の目にも夢蟲が見えるという不思議アイテムだ。靄がかった視界が一気にクリアになり、太った蛾《が》を思わせる夢蟲の姿をはっきりと捉える。二匹いた。

「どうだ、見えるか？」

リュウが訊いてくる。彼は貘の能力で裸眼でも夢蟲を発見できてしまう。

「うん」と、凌は頷いた。「二匹いるように見えるけど」

「ああ」リュウが顔を顰めた。「どっちも結構肥えてるな。一度、人間に取り憑《つ》いて、這い出てきたばかりといったところか。こいつがまた別の人間に入ると、次に憑かれた人間はより重症化するケースが多い。前の人間の悪夢を引き摺《ず》ってごちゃ混ぜにしたものを見せられるから、脳がパニックを引き起こすんだよ。ここできっちり捕獲しておかないと、後々大変なことになるからな」

すっかり祓い屋の顔だった。今の彼は、自分の目的のためというよりはむしろ、貘代理としての使命感の方が強いのではないかと思えるほど、他人のために動いている。それは素直にかっこいいと思えた。

さっそく夢蟲の捕獲に取り掛かる。これを捕まえたら一気に二匹分がカウントされる。しかも悪夢祓いとは違って、リュウの体に負担がかからない。悪くない仕事だ。

まずはリュウが結界を張って蟲を閉じ込める。二人で虫取り網を構えて、それぞれに飛び掛かった。

悪夢祓いで人間から這い出てくる夢蟲は、その時点で祓い屋にいくらか力を削《そ》がれているため、比較的捕まえやすい。だが、宿無しの夢蟲は全力で抵抗するので捕獲するにも一苦労だった。気を抜くと逆にこっちが刺されてしまう。

リュウが一匹捕獲した。凌も事前に渡された対夢蟲用スプレーを握り締め、一人時間差でわざと隙を作り油断した蟲にスプレーを吹きつける。まともに食らった蟲が宙を蛇行し始めたところを素早く網で捕らえた。急いで羊毛の袋に移し替えて口を縛り、捕獲完了だ。

「お疲れ。大分、板についてきたな」

結界を解いたリュウがぽんっと頭の上に手を乗せてきた。凌は嬉しくなる。

「どうにか足を引っ張らずに済んだよ」

封印した袋を見せると、リュウがふっと笑った。「いつも支えてもらって、足を引っ張られたことなんて一回もないけどな」

もう一度、頭をぽんぽんとされて、凌の胸はすぐに高鳴り始める。

「さて、そろそろ帰るか」

リュウが袋の封印を確かめて持参したクーラーボックスに入れる。凌も道具を纏《まと》めるふりをしながら、火照《ほて》った顔を必死に冷まそうと努力した。

その時、ブーンと微《かす》かな羽音が聞こえた。

思考が他に寄っていたせいか、一瞬反応が遅れる。ハッと見上げた視線の先に、もう一匹別の夢蟲がいた。虚空に黄金の羽を閃《ひらめ》かせる。

「リュウ、まだいる！」

咄嗟に叫んだ瞬間、蟲が凌目掛けて一直線に飛んできた。そのスピードがあまりに速く、距離感を測る間もない。「あっ」と思わず声を放った。反射的に顔を背けるより先に、蟲が口に突っ込んでくる。

「んぐっ」

蟲が凌の口の中に消えた。ごくりと唾液が食道を通過する。あれほどの大きさのものを飲み込んでおきながら、何の違和感もないのがかえって気色悪い。確かに蟲は凌の体内に入った。

「凌！」

焦るリュウに肩を掴まれた。「今、どうなった？　蟲を飲み込んだのか？」

「――…たぶん。口の中に飛び込んできて……うっ」

ぐらりと眩暈《めまい》がした。胃の中の物が食道を迫《せ》り上がってくる不快感。平衡感覚を失い、頭の中がぐるぐると掻き混ぜられているかのような気分の悪さに立っていられない。

膝の力が抜けて、がくんと地面に落ちた。そのまま前のめりに倒れそうになる。

「おい、凌！　しっかりしろ」

顔面を強打しなかったのは、リュウが支えてくれているからだ。焦点が定まらず、吐き気がするのに実際には何も出てこない。いっそ胃の中のものをすべて吐き出してしまえばラクになるだろうが、不快の塊は底に沈んでじっと留《とど》まっている。頭がぐるぐると回り意識が遠《とお》退《の》きそうになる。

「……気持ち、悪……」

ぐっと両頬を包まれて上を向かされたかと思った次の瞬間、突然リュウに唇を塞がれた。

「……んぅ」

すぐさま歯列を割って舌が差し入れられた。ただでさえ気分が悪いのに、口の中を舐《な》められて余計に嘔吐《えず》きそうになる。反射的に凌の舌は逃げを打ったが、あっという間に搦《から》め捕られてきつく吸われた。

「んんっ」

やばい、吐く——凌は咄嗟にリュウの厚い胸板を突き飛ばそうとした。しかし、リュウは必死に両手を突っ張る凌の腰を強引に抱き寄せて、更にキスを深めてくる。

顎を掬《すく》われて、思わずごくんと唾液を嚥下《えんげ》した。

変化はすぐに現れた。あれほどむかついていた胸がすっとラクになる。

舌が触れ合うだけで胃が迫り上がってきそうだったのに、徐々に気分の悪さが収まってくると、今度は舌を絡ませる行為が心地よくすらなってきた。

思考がまともに巡りだす。今、キスをしている相手がリュウだと改めて認識した途端、落ち着きを取り戻したはずの胸が、別の意味で急激に高鳴り始める。

どうしよう、気持ちいい――。

「……っ」

唐突に、リュウの唇が離れた。

激しく吸われて痺《しび》れた唇はすぐに物足りなくなる。切なくて、もっととねだってしまいそうになったその時、顔の横でグシャッと何かが潰れる音がした。

瞬時に現実に引き戻される。

音がした方を向くと、リュウの拳《こぶし》が見えた。捕らわれていたのは夢蟲――凌が飲み込んだそれだ。リュウが吸い上げて、凌の体内から這い出してきたところを捕まえたのだ。

凌はびくっとした。

見たこともないほど冷酷な表情をした彼は、何の躊躇《ためら》いもなく夢蟲を素手で握り潰している。拳が怒りを込めるようにぎりぎりと擂《す》り潰し、黄金の羽が無惨な音を立てて粉々に砕け

散った。さあっと砂のように崩れて、すぐに夜闇に溶けて消えてしまう。

「リュ、リュウ、いいのか？」凌は思わず言った。「今のも数に入ったのに。蟲はちゃんと袋に封印して持ち帰らないとカウントされないんだろ？」

一瞬、沈黙が落ちた。ハッと表情を取り戻したリュウが、目をぱちくりとさせる。

「……あ、しまった」

言われて初めて気づいたとでもいうふうに、自分の手を見つめる。

「お前を襲ったヤツだから、つい腹が立って潰してしまった」

そう当たり前のように言うから、凌の方が動揺して、どういう顔をしていいのかわからなくなる。何の意図があって、そんな意味深な発言を口にするのだろう。それともまったくの無自覚だろうか。後者ならタチが悪いなと思う。胸が妖しく騒ぎだし、ぶわっと熱が首筋を上って顔に広がってゆく。

「——…っ、ていうかさ。何でさっきの、キスまでする必要があったんだよ」

凌は恨みがましく睨《にら》んで訊ねた。

「いつもお客さんにやってるみたいに、額をくっつければよかったんじゃないの？」

内心の後ろめたさは必死に隠す。本当はあのキスに続きを求めてしまったとは口が裂けても言えなかった。

「それだと間に合わなかったからな」

少し躊躇う素振《そぶ》りを見せて、リュウが答えた。「本当は、額を合わせるよりも口からの方が早いんだよ。だけど、さすがに客に対して口から直接吸い上げるなんてできないだろ」

「……俺ならいいのかよ」

じいっとリュウが見つめてくる。

「お前とは初めてじゃないからな」

「え？」

咄嗟に脳裏に蘇ったのは、例の夢だ。俄に混乱する。

「え、あれって、夢の中の話じゃなかったのか――？」

「何だ、覚えているのか」

リュウが意外そうに言った。「大体の人間は、祓った後に一眠りしたら俺と夢を共有したことは綺麗さっぱり忘れているのに。やっぱりお前は他の奴とは何かが違うんだろうな。悪夢祓いの一環だが、夢の中でもしたし、現実にもしてるぞ。あの時も、お前は急に倒れたから急を要したんだ」

見せつけるようにして、自分の肉感的な唇を指先で示してみせた。

「――！」

凌は激しく狼狽《ろうばい》する。夢の中ならまだしも、すでに現実でもキス済みだったなんて――。

あまりの混乱ぶりに、さすがのリュウも不審に思ったのだろう。おずおずと問われた。

「まさかお前、あれがファーストキスじゃないよな？」

「ち、違うよ。そうじゃないけど……」

そうではないが、相手がリュウだということが問題なのだ。胸の奥にいつからかずっとあったのに、蓋《ふた》を被《かぶ》せ、見ないフリをして誤魔化《ごまか》していた感情。それが急に蓋を突き破って、目の前に姿を現したような気分だった。そろそろ真面目《まじめ》に自分と向き合えと訴えてくる。

――薄々、わかっていた。気づくきっかけはいくつもあった。もしかしたらそうかもしれないと何度も考えては、核心を衝いてはいけないような気がして、慌てて蓋を被せて見なかったフリを決め込む。その繰り返しだった。けれどもう、それも限界だ。

「……男にされるのは、初めてなんだよ」

平静を保とうとして、どこか拗ねたような口ぶりになる。

「ああ」と、リュウが頷いた。「それは俺もだ。男相手にしたのはお前が初めて。だけど、お前は初めて出会った時から俺にとっては特別な存在だったし、絶対に助けなきゃいけないと思って、俺も必死だった。キスだと意識してしたわけじゃないけど……ああでも。お前の唇は女に負けないくらいやわらかくて気持ちよかったぞ」

「――なっ⁉」

冗談だとわかっていても、顔がカアッと火を噴いたみたいに熱くなる。心臓がバクバクと聞いたことのないような音を立てた。

「まあ、何にせよ。お前が無事でよかった」

リュウが小さく笑って、いきなりトンと凌の肩口に額を押し当ててきた。もたれかかるようにして腰を引き寄せられる。

「え、な、何、何で……っ」

「疲れた。ちょっと休憩させてくれ」

そう言って、ぎゅっと甘えるように抱きついてきた。

「さっきのヤツ、かなり悪いものを溜め込んでいたみたいだ。お前に触れながら祓ったからこっちの影響は最小限で済んだけど、それでもやっぱり少し、だるい……」

声が掻き消えたかと思った直後、ポンッといきなり貘の姿に変化してしまった。凌の腕の中に落ちてきたかわいらしい白黒の獣からは、すやすやと規則正しい寝息が聞こえてくる。

「……何だ、寝ちゃったのか」

気が抜けて、ホッとした。

実はリュウに抱きつかれた時、凌の胸のドキドキはピークに達していて、心臓の音が彼に聞こえたらどうしようかと焦ったのだ。

腕の中のリュウを見下ろし、凌はそっとビロードの毛並みを優しく撫でた。

誤魔化しようのない感情が込み上げてくる。もうあれこれ逃げ道を作ることなく、素直にそれを受け入れることができた。安心して凌に身を委《ゆだ》ねている貘を愛《いと》しく思う。大切な宝物に触れるように彼の頭を撫でながら、確信する。

自分は、この男のことが好きなのだ――。

「何か、いろいろとすっきりしたな」

独りごちて、苦笑する。まさか、そんな、ありえないと自分で自分を否定し続けてきたことを認めた途端、肩の荷が下りたみたいにラクになった。

すっきりと冴えた頭で夜空を仰ぐ。藍色《あいいろ》の遠くに小さな星がいくつか見えた。

「明日は晴れかな……」

ふいに、右肩に何かがぶつかったような気がした。一瞬、軽い重みを感じて反射的に手で肩を払う。だが、特に何もない。

「？」

首を捻ったその時、誰かの声が聞こえたような気がした。

【……だよ、……のくせに……】

「え？」

咄嗟に振り返る。しかし、薄暗い路地裏に人影はない。空耳だろうか――。

遠くでクラクションが鳴った。路地を抜けた先は目抜き通りだ。まだ十時にもなっていないので、人通りは多いだろう。肩の違和感はすぐに消えた。声も繁華街から聞こえてきたものをたまたま耳が拾ったに違いない。

『クシュッ』と、リュウがくしゃみをした。

「あ、寒いのか？　どうしよう、またおなかが冷えたら困るもんな」

凌はリュウを胸元に抱いたまま、自分のパーカーのジッパーを上げた。パーカーがもこっと膨らむ。長い鼻だけを外に出して、落ちないように固定する。

道具を回収して、クーラーボックスを肩に掛ける。

夢蟲のノルマまであと僅か。

晴れてリュウの任が解かれて、凌も奪われた家事能力を取り戻すことができたら、本当にカフェで雇ってもらえるか頼んでみようか。

「……離れたくないな」

パーカーの隙間からちょこんと見えている黒い頭を指先でくすぐる。

「もっと傍にいさせてよ……」

リュウが好きだとはっきり自覚したせいかもしれない。

その夜を境に、凌は以前とはまた別の意味で夢に悩まされるようになってしまった。

■10■

——凌。

耳がとろけるような甘ったるい声で名前を呼ばれて、顔を上げた。

目の前にリュウがいた。

どういう経緯でこんな体勢になったのか、まったく見当もつかない。ベッドに仰向《あおむ》けになった凌の上から、顔の横に両手をついたリュウが覆い被さるようにして見下ろしてくる。優しく微笑まれてドキッと胸が高鳴った。

——凌。

声を聞いただけで、鼓動が速まる。

見つめ合い、二人の間の空気が濃密になった次の瞬間、唇を奪われた。

すぐにキスは深まり、やがてリュウの手が凌の肌に触れる。驚くことに、凌は素っ裸だった。リュウも同じだ。いつの間にか衣服はすべて消えて、一糸纏わぬ姿で抱き合っていた。

——…あっ。

自分の口から、とても自分のものとは思えない甘く濡《ぬ》れた声が漏れる。リュウの手が肌の感触を確かめるかのようにゆっくりと脇腹を撫でて、胸の尖りをまさぐった。しばらく撫で回し、途中から口での愛撫に切り替わる。

普段は意識したことのないその部分を、ピチャ、ピチャ……と舌で舐められて、凌はぶるりと体を震わせた。下肢に熱が溜まる。また恥ずかしい声が漏れる。口で胸をいじりつつ、手が下方にまで伸びてきた。

すでに首を擡《もた》げていた股間を、リュウの手のひらが包み込む――。

という、妙にリアルで生々しい夢を見た。


『凌。目の下、クマができてるよ』

メメに指摘されて、凌はハッと両目の下を手で押さえた。

『寝不足？』

ぎくりとする。

「うーん、ちょっと夜更かししちゃったからかな」

適当に誤魔化すと、メメもこくこくと頷き、『わかるよー、僕も昼寝を邪魔されたせいで毛並みの調子がよくないもん』と愚痴《ぐち》り始めた。『リュウは横暴だ。時間外労働だよ！　過労死は嫌だ！　眠いー、ひなたでぬくぬくしたいー』

昼下がりの居間。羊メメと一緒にせっせと編み物中である。

夢蟲の捕獲ペースは順調で、しかしそのせいでメメの袋作りが追いつかないのだ。睡眠時間を削っての作業がこの三日ほど続いていた。更に、このところ淫夢《いんむ》に悩まされて相談に訪れる客の数が急増しており、淫魔獣《いんまじゅう》の封印袋は蟲用よりも編み方が複雑なため、余計に手間がかかってしまう。

とはいえ、以前のメメは一日の四分の三をころころして過ごし、起きていても食べるか遊ぶかという夢のような生活を送っていた。そんな彼も、凌がやってきてからというもの強制的に生活サイクルを変えられて、健康的な毎日を過ごしている。本来の仕事も文句を言いながらもきちんとこなしているし、すぐ弱気になってめそめそするが、おやつをちらつかせると俄然《がぜん》やる気をみせるという、とてもかわいらしくて扱いやすい性格の羊だった。

「もうちょっとだから、頑張ろう。今作ってるのが完成したら休憩しような。内緒だけど、メメのプリンはみんなのより大きめに作ってあるから」

『ホント?』

メメの丸い目がきらきらと輝きだす。

「トッピングのサクランボも特別に三個つけてやる。生クリームもたっぷり増量だ」

『凌、スキ!』

現金なもこもこが抱きついてきた。甘えるように膝の上にぺちゃっと頬を押しつけて、『凌のお膝もスキ。ちょうどいい枕だよねー』と、うとうとし始める。

「こらこら、寝ちゃダメだろ。ほら、起きて」

『むー』と唇を尖らせたメメの体が、ふいにひょいと宙に浮かび上がった。

「おい、何サボってるんだ。ラムチョップ」

『ああっ』

宙吊りにされて、メメが悲鳴を上げる。眇めた目で見下ろしているのはリュウだ。

『リュウのせいで、僕の仕事が終わんないんだよ！　仕事はほどほどに！　そんなに焦ってここを出て行かなくてもいいじゃん！』

ぷうっと頬を膨らませて抗議するメメに、リュウは軽く目を瞠ってみせた。

「……何だよ。俺がいなくなると寂しいか？」

『ちっ、違うもん！』

「そうかそうか。夜中にトイレについていってくれるヤツがいなくなるもんなぁ」

『ああっ、それは言わない約束なのに！　バカリュウのバカ！　早く出てけ！　わーん、凌う。お膝の枕で眠らせてー』

リュウの顎を後ろ肢でゲシゲシと蹴って、逃げ出したメメが凌に飛びついてきた。もふもふを受け止めて、凌は苦笑する。何だかんだ言って、仲良しの獏と羊なのだ。

めそめそするメメのもこもこ頭をよしよしと撫でていると、「おい、凌」と呼ばれた。

見上げるより早く、リュウがその場にしゃがむ。急に目線の高さを揃えられて、凌はドキッとした。

至近距離からじいっと見つめられて脈拍が跳ね上がる。

怪訝《けげん》そうに眉根を寄せたリュウが「今朝からずっと気になってたんだが」と言った。

「目の下にクマができてるぞ。眠れなかったのか」

「――――！」

メメと同じことを指摘されて、思わず顔が引き攣ってしまう。目が宙を泳ぎ、明らかに挙動不審になる凌を変に思ったのか、メメまでがじいっと膝の上から見上げてきた。

「ちょ、ちょっと夜更かしをしただけだってば。そんなに目立つ？　二人とも目敏《めざと》いなあ」

アハハと空笑いで誤魔化す。心の中はリュウへの後ろめたさで一杯だった。まさか夜毎《よごと》夢の中にリュウが出てきて、あんなことやこんなことをしてくるせいだとは口が裂けても言えない。

以前悩まされた悪夢の類《たぐい》とは百八十度違うのだ。この夢が正に自分の欲望を現しているのだとしたら、とてもではないが恥ずかしすぎる。心の奥では、本当はこんなことを考えているのだと自分の浅ましさを教えられているようで、毎朝目が覚めるたびに後悔の念とどうしようもない虚無感が押し寄せてくる。己《おのれ》の知らないところで、一方的に凌の妄想に付き合わされているリュウには心の底から申し訳なかった。

じっと何かを探るように凌を見つめていた彼が、小さく息をついた。

「そんな顔をしてたら気になるだろうが。夜更かしなんてしてないでさっさと寝ろ。まさかこいつに付き合って夜なべをしたんじゃないだろうな」

ギロッとメメを睨む。メメが負けじとキッと睨み返した。

『違うもん。昨日の夜はやる気がまったく起こらなかったから、すぐに寝たもんね』

「おい、胸を張って言うことじゃないだろうが」

コツンと拳を落とされて、メメがわーんと凌に抱きついてくる。何だかメメにも申し訳なくて、心が痛む。すべては自分がひた隠しにしている本能剥《む》き出しの欲望が悪いのだ。

『リュウが悪いんだよ。次から次へと捕まえてくるから。それに最近、淫魔獣が多いんだもん。あいつらの作るの、すっごく面倒なんだよ！』

編みかけの袋を蹄《ひづめ》でバンバンと叩いて、メメがプリプリする。

リュウもそういえばと、顎に手を添えて神妙な面持《おもも》ちをしてみせる。

「確かに、少し多いかな」

『少しじゃない！』と、メメが叫んだその時、昼寝から目が覚めたタナカが人型に戻って会話に参加してきた。

「淫魔獣の話ですか。ここのところ、蟲と獣が半々の割合ですからね。以前は封印した十袋中に、獣が一匹いるかいないかぐらいでしたが」

やけに深刻そうに語るタナカが気になって、凌は確認した。

「でも、どっちを捕まえても百匹の中にカウントされるんでしょ？」

リュウがチラッとこちらを見やる。

「カウントはされるけど、あいつらはクセが強すぎて取り扱いが面倒な上に金にならない。一般の取引所では買い取ってもらえないんだ。その代わり、別の使い道があるから淫魔獣を専門に捕獲している祓い屋がいる。普段はそいつらが先回りして捕獲するから、俺たちのところまで淫魔獣が流れてくるケースは少ないんだよ。まあ、タナカさんがそっち方面にもツテがあるから、俺たちが捕獲した淫魔獣も無駄にはなってないみたいだけどな」

水を向けられたタナカが眼鏡《めがね》をきらんと光らせた。

「私も少し疑問に思って情報屋に訊いてみたのですが、特に目ぼしい情報はありませんでした。全体的にみても、淫魔獣の発生数は平均的だとか。どうやら集中して客が押し寄せているのはここだけのようですね」

『……陰謀だ。陰謀の匂いがする』

メメがあわあわして言った。

『きっと、リュウみたいな意地悪なヤツが、僕を苦しめるために淫魔獣を放ってるんだ！』

しくしくと蹄で顔を覆うもこもこを、凌はよしよしと宥めながら、リュウに問いかけた。

「リュウは何か気づかなかったのか？　淫夢のお客さんに、共通点とかなかったの？」

しかし、思案顔の彼は黙り込んでいる。

「リュウ？」

不審に思って呼びかけると、リュウがハッと我に返ったように瞬いた。

「どうしたんだよ。大丈夫？」

「——…ああ、平気だ」無理やり唇を引き上げる。「悪い、ちょっと考え事をしていて聞いてなかった。もう一度言ってくれるか」

「うん、別にいいけど」

凌は質問を繰り返す。リュウは一瞬、言葉に詰まったような間を置いた後、「……いや、まだよくわからないな」とだけ答えた。


ついにノルマまで五匹を切った。

着実にゴールに向かっている。

凌の頭の中ではすでにカウントダウンが始まっていて、ノルマを達成した後の未来がもうすぐそこに見え隠れしていた。頭の中で具体的な妄想がどんどん膨らむ。

その一方で、毎晩頼みもしないのに繰り広げられる件《くだん》の夢までがますますエスカレートしていった。

リュウのことが好きだと自覚したその日から、すぐにあんな夢を見るなんて、自分は欲求不満なのだろうか。

まるで凌の欲望を叶えてやっているのだとばかりに、夢の中のリュウは扇情的で、貪欲《どんよく》で、戸惑う凌を求めてはかなり際どいことまで仕掛けてくる。凌自身も最初の頃はまだ抵抗をする素振りを見せていたのに、昨夜の夢では、あろうことか自らリュウの首に腕を絡《から》めて淫《みだ》らにキスをねだっていた。

自分の深層心理が怖い。

現実のリュウを見ながら、心の奥底では彼のあの均整の取れた体に組み敷かれたいと願っている浅ましい自分がいるのだ。

幸い、一線を越える寸前でいつも飛び起きるように目覚めるのだが、それも時間の問題かもしれない。

凌が作り上げた虚構のリュウは、いつもこちらが赤面するほどに甘い言葉を囁《ささや》いて、凌をあっという間にその気にさせてしまう。正に自分にとってとても都合のいい夢だった。

夢の中では二人はすでに心が通じ合っていて、愛し合うことに何の障害もないのだ。現実とは違う並行世界。

本当の凌は、女性との恋愛経験も少ない上に、初めて同性を好きになって、毎日ドギマギしている。リュウの顔を見るだけでふわっと体温が上がって、気持ちを持て余しながら、どう踏み出していいのかわからない状態なのだ。行動の一つも起こしていない。まだこれからの段階。今はとにかく、二代目から課されたノルマをリュウとともに果たすことが最優先だった。恋愛について本格的に悩むのはその後の話だ。

それにもかかわらず、何もかもをすっ飛ばして、欲望のまま突き進む夢の中の自分が心底恥ずかしい。

夢と現実の自分が乖離《かいり》する。ふとした瞬間に、夢の中の凌が現れ、現実でも暴走してしまわないかとそれだけが恐ろしかった。

実際、朝目が覚めてリュウと顔を合わせるのは酷く気まずいのだ。日々の仕事をこなし、ぐったりと倒れこんでくる彼を抱き締めながら、凌は申し訳なさすぎていたたまれなくなる。

正直なところ、訊ねてみたくて仕方ない。幻ではない本物のリュウは凌のことをどう思っているのだろうか。

でも、怖い。うやむやになってしまったが、まだリュウが独り身だと判明したわけではないのだ。美少年のことは凌の思い過ごしだったので、彼自身が同性に対しての恋愛感情をどう考えているのかもわからない。一つ出方を間違えれば、決定的な距離を置かれることだってあり得る。

その結果、はちきれそうなほど膨らませた妄想上の未来は、あっという間に割れて消え去ってしまうだろう。

——だから、夢の中なのかもしれない。

夢の中のリュウは、当たり前だが凌が勝手に作り出した存在ゆえ、凌が心地よくなる幸せな言葉しか言わない。絶対に裏切られることはなく、だから夢なのだ。

でも、そういうのはやっぱり――。

「……虚《むな》しいよな」

誰もいない台所で疲れたように肩を落とし、ぼそっと独りごちる。

その日の朝も、ビクッと腰を撥ね上げた瞬間、飛び起きた。

カーテンの隙間から差し込む朝陽が妙に目に沁《し》みて、思わず顔を背ける。寝たのか寝てないのかわからないような数時間がようやく終わり、凌はげっそりしていた。

エロい夢も度を越せば恐怖に変わる――いつかのリュウの言葉が蘇った。

あの時の凌は、夢の中でいい思いができるなら、むしろありがたいじゃないかと呑気に考えていたが、体験してみて初めてその意味がわかった。こうも毎日密度の濃い夢を見続けると、苦痛以外の何ものでもない。しかも、好きな相手を自分の夢に引きずりこんで欲望を押し付けているのだから、その後ろめたさは半端ではなかった。現実ではあれから一歩も距離は縮まっていないのに、体だけ先につなげてしまったような、そんなやましい錯覚に陥る。

寝起きはいい方なのに、なかなか意識がしゃんとしない。体が重く、ベッドから下りるのも億劫《おっくう》だった。

それでも、台所に立っていつも通り朝食の準備をしていると、徐々に調子が戻ってくる。

ここまできて、自分が寝不足で倒れるわけにはいかない。

ノルマの百匹まで、あと二匹。

今夜も悪夢祓いの予約が一件入っている。ゴールはもう目前だ。

自分の淫らな欲望に負けるわけにはいかないのだ。万が一にも、貘にそういう能力があって、悪夢祓いとは関係なくリュウに夢の内容を覗かれてしまったら、きっと軽蔑《けいべつ》されるだろう。そんなことになれば、恋愛どころの話ではなくなる。不信感を持たれないように、しっかりしないと——。

一日がつつがなく過ぎていった。

いつも通り、朝昼晩とみんなで食卓を囲み、お茶の時間には居間に集まって、その他は各自思い思いの時間を過ごす。

凌も午前中はタナカと一緒に洗濯物を干し、居間や食堂の掃除をして、メメの編み物を手伝った。午後からは俺もついていくと貘に変化したリュウを連れて、一緒に買い物に出かけた。

ここのところ、どこに行くにもリュウがくっついてくる。半分くらいは貘姿で凌の頭に乗ったり、パーカーの中やエプロンの胸当て部分に入ったりして一緒に移動しているが、もうすぐこの生活も終わるのだと考えると、彼にも何か思うところがあるのかもしれない。心なしか、他の住人とのコミュニケーションも増えたような気がする。

凌も内心ドキドキしながら、リュウが傍にいてくれることが嬉しくてたまらなかった。特に二人で台所に立ち、彼が考案したレシピを試作する時間は至福だ。あれこれ意見を言い合っていると、その間だけは夢の罪悪感がどこかに隠れてしまい純粋に楽しめた。

今日、思い切って訊いてみたのだ。

「リュウはさ。その……つ、付き合っている相手とかは、いないの？」

最初、何を問われているのかリュウはピンとこなかったらしい。ルーズリーフに記載してあった調味料の分量をボールペンで訂正していた彼は、怪訝そうに首を傾げてみせた。

「は？」

訊き返されて、凌はあたふたとしながら早口に言い直した。

「だから、付き合ってる人はいないのかって訊いてるんだよ。今のこの状況を知っていて、待ってくれている恋人とかさ……」

「そんなヤツいるわけないだろ」

リュウがプッと吹き出した。

「半年以上ここで貘をやってるんだぞ？　いたとしても、とっくにフラれてるんじゃねーの？　ちょっと貘代理を任せられたから、二代目を呼び戻すまで待っててくれ――なんて説明したところで、誰が本気にして待っていてくれると思うんだよ。まあ、会社員を辞めてからは開店準備に追われて毎日忙しくて、それどころじゃなかったんだけどな」

ボールペンをくるくると回しながら言われて、凌はそれもそうかと納得したのだった。リュウだったら、本気で待ってくれる相手もいるだろうが、忙しくて恋人を作る暇もなかったというのは事実だろう。

だとすれば、リュウは独り身ということだ。一つ壁をクリアする。

「お前は？」

リュウがふいに訊いてきた。ホッとして浮かれ気味に包丁を動かしていた凌は、「え？」と振り返った。

「人に訊いておいて、お前はどうなんだよ。元同居人とは、むこうが彼女と結婚するから同居を解消したんだろ。お前にはそういう相手はいなかったのか？」

「俺はまったく。出会いもないし、土日も仕事だし。休日は資格の勉強ばっかりしてたから、前に付き合ってた相手にはそれが原因でフラれた。それ以来、何だか面倒になって」

恋愛下手の過去を明かして恥ずかしがる凌を見やり、リュウが再びプッと吹き出した。

「ああ、なるほど。料理をしてても、お前が凝り性だってのはよくわかるからな。興味を持ったものに対しては夢中になってとことん大切にするタイプなのに、元カノと上手くいかなかったのは、単純にお前がその子に興味がなかっただけなんじゃねーの？」

冗談混じりに言われたその一言が、妙に胸を衝いた。

「でもまあ、俺としては……」

何かを言いかけて、リュウが口ごもる。「何？」と訊き返したが、焦ったように何でもないとかぶりを振られただけで、続きは教えてもらえなかった。中途半端にはぐらかされると余計に気になってしまう。しかし、次の言葉に一瞬で現実に引き戻された。

「それよりも、顔色があまりよくないぞ。クマも濃くなってるし。本当に大丈夫なのか？」

心配されて、凌はしどろもどろになった。本人を前にして、後ろめたさが荒波のように押し寄せてくる。リュウがふいに目を眇めた。

「──まさか、また悪夢にうなされているわけじゃないよな？」

「ちっ」凌は慌てて首を左右に振った。「違うよ。それはないから、大丈夫」

「だったら、毎晩何をしてるんだよ。ちゃんと寝ろって言ったよな」

じいっと胡乱《うろん》な眼差しをむけてきたリュウが、そこで「あっ」と声を上げた。

「もしかして、また何か新しい資格を取得しようとしてるんじゃないだろうな？」

問われて、凌は思わず面食らった。

「……う、うん。実は、ちょっと勉強してて」

嘘をついてしまった。しかし、信じたリュウは呆《あき》れたようにため息をつく。

「ここから出る目処《めど》が立ったから、今後の準備か？　やっぱり──…元の職場に戻るのか」

「え？」

その時、「凌ぅ、おなかすいたー！」と、メメがとてとてと台所に駆け込んできて、それきり会話は中断してしまった。


みんなで夕食をとった後、凌はタナカと一緒に後片付けをしていた。

「今夜のお客様が九十九匹目ですか」

皿を拭きながら、タナカがぽつりと言った。

「まだまだ先は長いと思っていたら、案外あっという間でしたね」

どこか寂しそうな物言いに、凌は複雑な思いが込み上げてくる。

「二代目ってどんな方なんですか？」

「先代とはあまり似ていませんね。先代はシャキシャキとしていましたが、二代目は気紛れで面倒くさがり屋です。貘としての素質は目を瞠るものがありますが、宝の持ち腐れといってもいいかと。よく思いつきで行動していましたね。そして、リュウが犠牲《ぎせい》になったのですが。まあ、私たちはそんな彼のもとで好き勝手やらせてもらっていました」

「俺は、ちゃんと対価を返してもらえるのかな」

今更だったが、リュウがそう言い出したから凌は信じているだけで、誰かが二代目に確認を取ったわけではない。保証は何もなかった。もし、彼に拒否されてしまったら、今までここで過ごした時間は何だったのかということになる。

「大丈夫でしょう」

タナカがあっけらかんと言った。「規則に厳しかった先代とは違って、二代目はその辺りに緩い方ですから。それに、リュウと取り引きをした際に、二代目は貘代理を引き受けるオプションとして何でも一つ願いを叶えてやると約束をしていましたからね。一刻も早く意中の相手を追い駆けたい彼が、思いつきで言い出したことだったのでしょうけど、我々は全員聞いていましたから。いざという時はそれを持ち出せば楽勝ですよ」

初耳だった。

「ちょっと待ってよ。そんな大事な権限を俺のために使っちゃうの？」

「大事だから使うんでしょう」

タナカが不思議そうな顔をする。

「リュウにとって、凌くんは最初から特別で大事なパートナーだったじゃないですか。彼は真面目ですから、二代目と違って無責任な約束はしないですよ。最初からまあ――…そのつもりであなたのことを引き止めたんだと思いますよ。初めてリュウと出会った時のことを覚えていますか？」

唐突に問われて、凌は戸惑い気味に頷いた。

「路地裏で気分悪そうにしている人がいたから、声をかけたんだけど」

タナカも頷く。

「あの日、帰宅したリュウは嬉しそうにあなたのことを話してくれたんですよ。とても親切で優しい子に出会ったと言っていました。翌日は朝からずっとそわそわして、庭を行ったり来たりしていましたね」

「え、そうだったの？」

凌は驚いた。確かに、散々迷って訪ねた凌を彼は「遅い」と睨んできたが、まさかそんなに首を長くして待ってくれていたとは思わなかった。それに、タナカから聞かされたリュウの話は凌が想像もしていなかったもので、先ほどからずっと胸が高鳴っている。

タナカが「はい」と微笑んだ。そして、少しばかり遠い目をして、言った。

「あの時のリュウは、まるで恋煩《こいわずら》い中の二代目を見ているようで――……なるほど、これが貘の性分かとも思ったものですよ」


応接間のドアを開けると、リュウが窓辺に立っていた。

暗くなった外をぼんやりと眺めていた彼が振り返る。意味もなくドキッとした。

「台所の片付けは終わったのか？」

「うん」凌は頷いた。「こっちの準備も済んだみたいだね。手伝おうと思ったんだけど」

「椅子を並べて、網と袋を用意するだけだからな」

リュウがふっと笑った。その何でもない表情にも心拍数は急激に跳ね上がる。いつにも増して彼を意識してしまって、どうしたらいいのかわからない。

もうすぐ予約の客が来る時間だったが、それまでこの空気に耐えられるだろうか。

――あの時のリュウは、まるで恋煩い中の二代目を見ているようで……。

先ほどから、脳裏にタナカの声が何度も何度も繰り返し蘇ってくる。彼とあんな話をした直後なだけに、変に勘違いをしてしまいそうだった。

「おい」

すぐ傍で声がして、凌はビクッと顔を撥ね上げた。

リュウが目の前にいて、ぎょっとする。さっきまで窓辺にいたのに、いつの間に歩み寄ってきたのか全然気づかなかった。

真っ向から視線を搦め捕られて、胸がはちきれそうになる。

「お前、やっぱり顔色がよくないぞ。本当に大丈夫なのか?」

心配されて、こんな時なのに凌はきゅんとときめいてしまった。

「体調が悪いなら今日の仕事はいいから、先に休め」

リュウが凌の顔を覗き込むようにして言った。「こっちのことは気にしなくてもいいから。

お前が手伝ってくれる前は一人でやってたんだ。何とでもなる。無理をしてお前に倒れられたら困る」

そっと頰にリュウの手のひらが触れる。思わずピクッと震えた。少し低めの体温にもっと触れたい衝動が込み上げてきて、慌てて首を横に振った。

「——だ、大丈夫だよ」

リュウが疑わしい眼差しで見つめてくる。

「本当に平気だって」凌は笑ってみせた。「元気、元気。そんなことより、今夜のお客さんでリーチがかかるんだから。残り二匹、頑張ろう。あのお店をもうすぐ取り戻せるよ」

リュウが目を瞠った。少し逡巡するような間をあけた後、「凌」と、真面目な顔をして訊いてきた。

「この前、一緒に店を見に行っただろ。あの時、俺が言ったことを覚えているか？」

「え？」

「うちの店にスカウトしたいって話。あれ、冗談じゃなく真剣に考えて欲しいんだ。ここを出た後も、俺と一緒に……」

その時、玄関チャイムが鳴り響いた。

時代を感じるけたたましい音に、凌とリュウはまるで示し合わせたかのようにビクッと背筋を伸ばす。

「――…あ、お客さんが来たみたいだ」

「そうだな」

リュウはバツが悪そうに頭を掻いた。ふうと息をつき、「続きは仕事が終わってから話そう」と凌の頭をぽんぽんと撫でて、セッティングした椅子に向かう。

「……っ」

心臓の音が彼にまで聞こえやしないかと本気で心配した。すぐにタナカが客を連れてここにやって来る。早く思考を切り替えなければと頭では思うのに、ドキドキが収まらない。

ちょっと待ってよ、今のって――。

一緒に働かないかと半ば冗談のように誘われたあの話を、真に受けていいということだろうか。奪われた対価を無事に取り戻せたら、その時は改めて頼んでみようと考えていたところだった。再びリュウの方から誘ってもらえるなんて夢みたいだ。

彼の声が蘇る。

――ここを出た後も、俺と一緒に……。

それがただ純粋に凌の腕を買ってくれていて、ビジネスパートナーとして組みたいという意味でも構わない。俺と一緒にというその言葉だけで天にも昇る心地だった。早く続きを聞かせてほしい。

そわそわと落ち着かない気分のまま、客を迎えた。

タナカが案内してきたのは、二十代半ばぐらいの若い女性だった。

仕事帰りなのだろう、パンツスーツ姿の彼女は思い詰めた表情をして、きょろきょろと不安そうに視線を彷徨《さまよ》わせている。

「どうぞ」と、リュウが椅子を勧める。会釈した彼女は、おどおどしながら腰を下ろした。

一度退室したタナカが、すぐにワゴンを押して入ってきた。凌が準備しておいたカモミールティーを彼女の前に置く。

「そんなに緊張しなくても大丈夫ですよ。飲みながら話をしましょう」

リュウが場を和ませるようにニッコリと微笑んだ。その瞬間、強張っていた彼女の顔がパッと朱に染まる。これまで何度も目にした光景だった。

彼女と一緒に凌までリュウの笑顔にドキッとしてしまい、慌てて気を引き締める。

温かいお茶を飲んで少し落ち着いたのか、彼女は訥々《とつとつ》と自分が苦しめられている悪夢について話し始めた。

途中から声が極端に小さくなり、恥ずかしそうに俯《うつむ》いてしまう。どうやら話を聞く限りでは、彼女に取り憑いているのは淫魔獣のようだ。

大体の当たりをつけたリュウは、いつものように彼女と向き合う。額を合わせた。

最初は動揺していた彼女も、次第に目を瞑《つむ》り、ぐったりとリュウにもたれかかる。

離れた場所から見守っていた凌は頃合を見計らい、網を構えて彼女の傍に歩み寄った。

間もなくして、彼女の左耳から白い靄のようなものが吹き出す。

見る見るうちに形を取り、小さな猿を思わせる獣がキーキーと金切り声を上げながら彼女の華奢な肩を駆けた。

凌は網を振りかぶる。突如、ぐらりと眩暈に襲われた。

「――ッ！」

網が見当違いの床を叩く。視界がぶれて、脂汗《あぶらあせ》が滲み出る。

よりによって、こんな時に――凌は歯を食いしばり、必死に両足に力を入れてその場に踏ん張った。連日の睡眠不足が祟《たた》って、貧血を起こす一歩手前の症状だ。

取り逃がした淫魔獣が凌を嘲笑《あざわら》うかのように、足元をチョロチョロと駆け抜けてゆく。

「まっ、待て！」

ふらつく足を叱咤《しった》して、再度網を振りかぶった。

キキッとふいに耳元で獣の鳴き声がしたのはその時だった。

え？　凌は気分の悪さに耐えて床を見つめた。そこでは先ほどから憎たらしい淫魔獣がチョロチョロしている。しかし、声がしたのは確かに耳元からだった。急いで両肩を手で払ったが何もいない。

耳元？　凌は思い返して息を荒げた。いや、もっと距離が近かった気がする。鼓膜にむかって直接鳴き声を聞かせるような。外というよりは、内側で声が響いて聞こえなかったか。

ゾクッとわけもわからず全身に震えが走った。

「おい、凌？」

異変に気づいたリュウが、椅子から立ち上がる様子が視界の端に入った。頭の中で誰かの声が聞こえてきたのは次の瞬間だった。

【……あんた、邪魔なんだよね】

「え？」

脳に直接声が送り込まれてきて、凌はその違和感に硬直した。

【僕が目を離した隙に、リュウにつきまとってさ……】

「何だよこれ、誰……？」

その時、キキッと頭上から金切り声が降ってきた。ハッと見上げる。いつの間にそんなところまで這い登ったのか、床にいたはずの淫魔獣が天井に張り付いていた。

目が合った途端、そいつが凌目がけて飛び掛かってくる。咄嗟にかわそうとしたが、なぜか体がまったく言うことをきかない。

頭の中でキキッと獣が鳴き叫ぶ。何の脈絡もなく、突然、脳内に獰猛《どうもう》な恐ろしい獣がぐわっと鋭い牙《きば》を剝くイメージが過ぎった。

ぐらっと激しい眩暈に襲われる。

「ひっ……！」

くすっと誰かの哂《わら》い声が聞こえたような気がした。

まるでスローモーションのように、天井を蹴った淫魔獣が眼前に迫る。キキッと耳をつんざくような金切り声。半開きのまま固まってしまった口の中にそいつが飛び込んでくる。

直後、頭の中の誰かに淫魔獣ごと無理やり意識を引きずり込まれるようにして、凌は闇に落ちた。

■11■

ドンッと突き飛ばされた凌は、崖《がけ》から真っ逆さまに落ちた。

なぜそこに崖があったのかもわからないし、そんなところに立っていたのかも不明。突き飛ばした相手も誰なのかわからず、とにかく何もわからないまま落ちた。

「うわあああ——っ！」

絶叫が反響し、無重力。辺りは真っ暗で、途中から落ちているのか上昇しているのかすらあやふやになってくる。

ゾッとした。

必死に手足をばたつかせ、闇雲にもがく。空を掻くだけで落下は止まらない。

すると、手に何かが当たった。——ザイル？　ハッとした凌は半ば反射的にそれを摑む。

死に物狂いでザイルにしがみつき、どうにかその場に留まった。

「……はあ、はあ、はあ」

自分の息遣いが壁に反射して返ってくる。恐る恐る爪先《つまさき》で探ってみたが、壁らしきものには当たらなかった。状況がまだ把握できない。視界はまったく利かず、ザイルと思っているこれも正体は不明だ。自分は何にぶら下がっているのだろう。どこから垂らしてあるのか。

これを上っていけば地上に出るのか。頭上も真っ暗だ。本当に地上に繋《つな》がっているのか。そもそも、なぜこんなところで宙吊りにならなければいけないのか。

深呼吸をして落ち着けと自分に言い聞かせた。落ち着いて思考を整理する。記憶を呼び戻す。——そうだ。自分は邸の応接間にいたはずだ。客の悪夢をリュウが祓っていた。凌はその横で網を構えて淫魔獣が出てくるのを待機していた。獣を捕まえようとして、確か眩暈に襲われたのだ。貧血からくる立ちくらみ。あの時、頭の中で声が聞こえたのを思い出した。天井から飛び掛かってきた淫魔獣の映像も鮮明に記憶に残っている。

「……もしかして、取り憑かれた？　じゃあ、今のこれって、夢の中ってこと……？」

ふっと頭上に光が差した。

見上げると、真っ暗だったはずのそこが明るくなっていた。切り立った崖の縁《ふち》が見え、垂れ下がるザイルの先も見える。

体感では随分と長い間落ちていた気がしたのに、地上まで思ったほど距離はないようだ。これなら上れるかもしれない。

崖はよほどえぐれているのか、やはり爪先で探っても壁に足は届かず、足場は確保できそうになかった。仕方ない。腕力に自信はなかったが、ここでじっとしていても何も変わらない。これが本当に夢の中なのかもまだわからないのだ。

頭の中で聞こえた奇妙な声が引っかかる。少し高めの若い男の声だった。何と言っていただろうか。うっかり飲み込んでしまった淫魔獣も気になる。この崖のイメージはそいつが凌の脳に見せている幻《まぼろし》だろうか。それにしては腕にかかる自分の重みや、ザイルに擦《こす》れる手のひらの痛み、土臭さ、どこかから吹いてくる生暖かい風。すべてがリアルすぎて不気味だ。とにもかくにも、以前にも悩まされた悪夢とは、まったくの別物のような気がする。――嫌な予感がした。

一刻も早くここから這い出なければ。凌は腕に力を入れて、懸命にザイルを引き寄せる。

「――っく、はっ、は……くそっ、手が滑って……」

「あれ？　まだそんな元気が残ってたんだ？」

声がふいに頭上から降ってきた。

ハッと見上げると、崖の上から誰かがこちらを覗き込んでいる。

声に聞き覚えがあった。少し高めの若い男のもの。意識が途切れる前に頭の中に直接話しかけてきたそれだと気づく。

呑気《のんき》に見下ろしてくる少年の顔を認めて、凌は思わず「あっ」と声を上げた。

ふわふわとしたハニーブラウンの髪の毛。女の子みたいな色白の肌にパッチリとした大きな目。全体的に整ったかわいらしい顔立ち。

記憶がまざまざと蘇る。邸の前で、リュウと一緒にいた男の子。名前は確か――。

「お前、ライム……！」

面食らったように目を瞬かせた彼が、ムッとした。

「――…何で僕のことを知ってるんだよ」

苛立ち混じりに言った。

「あんた、何なの？　僕が仕事でちょっとこっちを離れている間に、いつの間にか勝手にあの邸に住み着いちゃってさ。久しぶりにリュウに会いにいったら、ヘンな虫がまとわりついていてびっくりだよ。監視に淫魔獣を送り込んでも、転送されてくる画像の中では、いっつもあんたがリュウの傍にべったりくっついてるし。何がサポートだよ。僕のリュウに色目を使わないで欲しいんだけど。この、お邪魔虫」

しゃがんで頬杖《ほおづえ》をついたライムが、キッと睨み下ろしてくる。

あんた、邪魔なんだよね――頭の中で聞いた声が蘇る。僕が目を離した隙に、リュウにつきまとってさ……。

ようやく一本の線に繋がった。凌が今こんな目に遭っているのも、最近淫魔獣の数が急増しているのも、全部彼の仕業《しわざ》だったのだ。

リュウは彼を同業者のようなものだと言っていた。淫魔獣を専門に扱う祓い屋がいると聞いた覚えがある。もしかして、その関係者なのか。

それよりもと、凌は顔をしかめた。僕のリュウって何だよ。眦《まなじり》を吊り上げて頭上を睨《ね》めつける。

にやりと人の悪い笑みを浮かべたライムは、更に驚くことを口にした。

「ねえ。毎晩毎晩、リュウに抱いてもらって幸せだったでしょ」

「……え？」

「そんなにやつれちゃって。あんたの中の淫魔獣、ぼってぼてに太っちゃっててびっくりしたよ。一応、気づかれないように念入りに術をかけておいたんだけど、あれ以上ぶくぶく太ったら、邸の目敏い連中に気づかれてたかも。リュウにもばれてたかもね。まったく、どれだけ精気を吸わせたんだか。すました顔してるくせに、やらしいなあ」

「――！」

件の夢にまで彼がかかわっていたことに愕然とした。聞けば、欲望丸出しの夢を初めて見たあの夜、すでに凌は彼の魔の手に落ちていたのだ。心当たりはあった。狭い路地裏で夢蟲を捕獲した後、肩に覚えた違和感。あれはライムが使役《しえき》する淫魔獣だったのだろう。すぐに消えたので大して気にも留めなかったが、もうその時には凌の体内に入り込んでいたのだ。

あの淫らな夢のすべてが、彼に仕組まれたものだった。カアッと顔が火を噴いたように熱くなる。まさか今まで夢の中で晒《さら》した恥ずかしい痴態《ちたい》の数々が、彼には筒抜けだったのだろうか。

「人は見かけによらないね」

ライムがあどけない顔に不釣り合いな嫣然《えんぜん》とした笑みを浮かべて、言った。

「相当、溜め込んでたんじゃない？　妄想だけじゃ、もうその体は無理だよね。夜が寂しいなら、とっておきの淫魔獣を特別に貸してあげるよ。僕なら、イイ夢だけを見せて人間本体には害のないように細工も可能だから。だからさ、リュウから離れてほしいんだけど」

低めた声に言われて、凌は思わず眉をひそめた。

咄嗟にごくりと喉を鳴らす。

初めて彼を見かけた時に感じた危機感は、自分の思い過ごしではなかった。ライムはリュウのことが好きで、それゆえに凌を敵視しているのだ。

凌は頭上を睨み上げた。

「……それは、できない」

「は？」

ライムがきょとんとした。すぐさま大きな目をきつく吊り上げる。

「何それ。あのさ、自分の状況をわかって言ってる？　僕がこのロープを切ったら、あんたもうこっちには戻ってこれないかもしれないけど、いいの？」

物騒な脅し文句に、凌は内心ぎょっとした。懸命に平静を装って声を張り上げる。

「ライムは、リュウのことが好きなんだろ？　俺だって同じだよ。だから、離れろって言われても無理だ。離れたくない」

揺れるザイルにヒヤヒヤしながら、動揺を悟られないように気丈なふりをして視線を交わす。今の自分の言葉は紛れもない本音だ。その気持ちは何が何でも譲れない。

大体、何の権限があって、彼はそんなことを言うのだろう。特別な関係ならまだしも、リュウと同業者という立場なら、凌だって似たようなものだ。知り合ってからの期間に差はあっても、それは理由にはならない。彼の理不尽《りふじん》な要求を受け入れる気は毛頭なかった。

ライムが一瞬、怯《ひる》んだように押し黙った。

「なっ、何、開き直ってんだよ。すぐにあの邸から出て行けよ。それでもう二度とリュウに近付くな。約束するなら、助けてやってもいい」

「無理だよ、まだ出て行けない。俺にだってリュウとの約束があるんだから」

「……っ」

最後の一言で、ライムの怒りが一気に跳ね上がったのがわかった。その時、汗を掻いた手がずるっと僅かにザイルを滑る。「ひっ」ぎょっとして、必死にしがみついた。足の下でザイルが大きく揺れていた。ゾッとする。これがどこまで伸びているのか見当もつかない。

「……まあ、いいよ」

ライムがフンと鼻を鳴らした。「放っておいても、そのうち力尽きるだろうし。ちなみに、僕が作ったこの夢の設定だと、下は底なし沼だから。落ちたらズブズブ沈んで、二度と這い上がってこれないかもね。リュウにも二度と会えないよ」

軽い口調とは裏腹に、氷のように冷たい目が凌を見下ろして言った。「じゃあね、バイバイ」

次の瞬間、ふっと彼の姿が掻き消える。

「え」凌は焦った。「ちょ、ちょっと待ってよ！」

叫んだが、自分の声が反響するだけで彼の声は返ってこなかった。

本当に消えてしまったのだろうか。凌一人を、こんなわけのわからない空間に置き去りにして？

「……底なし沼って、言ってたよな？」

ライムが残した言葉を思い出し、凌はチラッと足元に目線を落とした。真っ暗だ。もしあの中へ落ちてしまったら、本当に現実には戻れないのだろうか。

ごくりと生唾《なまつば》を飲み込む。目が覚めたら、全部夢でした——というお決まりのオチは、今回は適用されないということか。ここで命を落としたら、現実世界での死に直結するのか。

いや、それすらもないのかも。現実から存在自体が消えてしまったりして……。

ライムが最後に見せた冷たい眼差しが脳裏に蘇った。

彼は凌のことが気に入らない。彼も人間ではないのだ。人間の常識なんて通用しない。本気で凌を始末するつもりなのかも。ライムの声が蘇る。——リュウにも二度と会えないよ。

ぶるりと恐怖に打ち震えた。

「——…冗談じゃない。こんなところで死んでたまるか」

痺れた腕に鞭《むち》を打ち、無我夢中でザイルを手繰《たぐ》り寄せた。

ようやくノルマの百匹まで最後の一匹というところまできたのだ。ライムに言われなくとも、もうすぐ凌は邸を出られるだろう。だが、その時はリュウも一緒だ。二人で邸を出た後も一緒にいると決めたばかりだった。

——うちの店にスカウトしたいって話。あれ、冗談じゃなく真剣に考えて欲しいんだ。

リュウの真摯《しんし》な顔が脳裏を過ぎった。

——ここを出た後も、俺と一緒に……。

「くっそ、絶対に上ってやる。早く、夢の中から抜け出して現実に戻らないと……っ」

全身の力を振り絞る。続きは仕事が終わってから話そうと、リュウはそう言った。早く戻って、あの言葉の続きを聞きたい。そして、凌もきちんと自分の気持ちを伝えたい。ライムにリュウを取られたくない。

自分が彼に激しく嫉妬《しっと》しているのがわかる。凌はリュウと知り合ってまだふた月も経っていない。だが、ライムはもっと長いはずだ。もしかしたら、リュウが邸に住み始めた当初からの付き合いかもしれない。一緒にいた時間の長さは関係ないと頭では思いつつも、やはりどうしても気にしてしまう。

門扉の前で二人を見かけた時の映像が脳裏をちらついた。甘えるように抱きつくライムを、リュウは面倒くさそうな素振りを見せながらも、しょうがないなとばかりに受け入れていた。あの雰囲気は、凌には入れないものがあった。それに——ライムは同じ男とは思えないほど、かわいい。リュウと並んでいたら、本当にグラビアの一ページか映画のワンショットのようで、悔しいかな、絵になる二人だと凌も思ってしまったのだ。

けれども、それで諦めて身を引くかといえば、そんなことはない。負けるものかと、かえって火がついた。

「……はっ、はあ、っく」

誰かを好きになる気持ちが、こんなに強い原動力になるとは思わなかった。どちらかというと恋愛は余計な時間がとられて煩わしいものだと考えていたのに、今は恋をしている自分がいっそ誇らしくさえ思う。

少しずつだが、着実に地上へ近付いていた。

このまま体力がもてば崖の上まで上がれるはずだ。酷使した腕はすでにパンパンで、気力だけで上り続けているような感覚だった。

「頑張れ、あとちょっと……っ」

自分で自分を励ましながらザイルを手繰り寄せる。その時、頭上からさっと影が差した。

ハッと見上げると、崖の上から見下ろしていたのは猿によく似た小さな獣だった。

淫魔獣――。

凌はぎくりとした。それがライムの送り込んだものなのか、凌が誤って飲み込んでしまったものなのか、判別はつかなかった。じいっと丸い大きな目で見下ろしてくる。

ふいに、淫魔獣がキキッと鳴いた。直後、ゆらりと輪郭が崩れたかと思うと、そこにリュウが現れた。

「！」

じいっと凌を見下ろしてくる姿はどこからどう見てもリュウだった。しかし、その正体は淫魔獣だ。偽者の彼は無言のまま手を伸ばし、ザイルを摑むと、弄《もてあそ》ぶようにゆらゆらと揺すってきたのだ。

「え？　あ、ちょ、やめ……っ」

ただでさえ、もう体力は限界を超えている。ザイルを揺らされて、必死にしがみついていた腕が悲鳴を上げた。あれはリュウではないとわかっているのに、傍から見れば彼に振り落とされかけている自分が悲しかった。

ぶらぶらと揺さぶられる。腕の力が抜ける。悔しい、あと少しで地上に手が届くのに。

「ひっ、やめ、本当に、落ちる――」

ざっと影が動いたのはその時だった。ザイルを揺らしていた淫魔獣のリュウが、突如現れた別の影に蹴り飛ばされたのだ。入れ代わってそこから覗き込んできた人物。

「凌、大丈夫か！　早く摑まれ！」

手を差し伸べてきたのはリュウだった。

凌は信じられない思いで凝視する。本物だ――なぜか確信があった。彼が夢の中まで助けにきてくれたのだ。

「リュウ！」

最後の力を振り絞り、迷わずその手を摑んだ。「引き上げるぞ」と声が聞こえて、強い力で腕を引っ張られる。

崖を上り切り、最後は凌がリュウに覆い被さる格好で、二人折り重なるようにして倒れ込んだ。

「はあ、はあ、はあ」

息が上がり、しばらく動けなかった。顔を押しつけたリュウの胸元からもとんでもなく速い心音が聞こえてくる。

「凌」リュウが息を弾ませて訊いてきた。「無事か？」

「……うん、大丈夫」

そう答えつつも、手足にはもうほとんど力が入らない。

「あ、ごめん。乗っかったままで」

まるで自分のものではないような重たい四肢をどうにか動かして、凌は自力で起き上がった。リュウの上から退こうとした途端、ぐっと腕を摑まれる。

凌を自分の腰に跨《またが》らせた状態で、彼は上半身を起こした。そして、勢いをそのままに凌をきつく抱き締めてきた。

「よかった、お前が無事で」

「――！」

胸が高鳴った。

首筋に息がかかり、抱き竦《すく》める腕に一層ぎゅっと力がこもる。

「……淫魔獣を飲み込んだ後、お前は急に意識を失って倒れたんだ。何度呼んでも目を開けないし、俺の心臓が止まるかと思った」

掠《かす》れた声を聞いた途端、胸が詰まった。ほっとして気が抜けたのか、視界がみるみるうちに水没し始める。

「俺も、もうダメかと思った。助けに来てくれてありがとう、リュウ」

凌もそっと彼の背に腕を回し、二人の僅かな隙間を埋めるようにして抱きついた。もしかしたら、もう二度とリュウに会えなくなっていたかもしれなかったのだ。間一髪だった。心の底から彼に感謝する。また彼に会えて、本当に嬉しい。会いたかった。リュウにすごく会いたかった。

「……っ」

リュウは縋《すが》るように凌の首筋に顔を埋めて、ますます腕の力を強めてくる。「凌」と、切羽詰まった声が耳元で囁いた。

「倒れて、目を覚まさないお前を抱きかかえながら、俺は死ぬほど後悔したんだ。縁起でもないが、一瞬、この気持ちを伝えられないままお前がいなくなったらどうしようかと考えてしまった」

息もできないくらいにきつく抱き締められる。

「凌、好きだ。俺はお前のことが好きなんだ。貘としての繋がりが途切れても、お前とはこの先も一緒にいたいと願っている」

自分で自分の耳を疑った。リュウが俺のことを好き——？

「あの時にも話したよな？」

リュウが確かめるように言った。「お前だけに見せた俺の店で、二人が一緒に働いているイメージが本当に自然と頭に浮かんだんだよ。お前が笑っていて、その隣で俺も幸せそうに笑ってて、ああ、こういうのいいなって思ったんだ。これが現実になればいいのにって、あれからずっと考えてた」

これも夢の続きなのではないか——。

凌は困惑する。いや、実際にここは夢の中だ。でも目の前のリュウは紛れもなく本物で、こんなところにまで凌を探しに来てくれたのだ。今も、少しでも離れたら凌が消えてしまうと本気で思い込んでいそうな、ある種狂気じみた情熱をもってしがみついてくる。合わさった胸からは、リアルなリュウの鼓動が伝わってきた。ドクドクと驚くほど速い。この想いまで夢にしてくれるなと、必死に訴えかけるみたいに。

心臓がぎゅっと鷲掴《わしづか》みにされたかのようだった。

ぶわっと一気に熱が広がり、凌は込み上げてきた溢《あふ》れんばかりの想いと熱の塊に喉が詰まって、嗚咽《おえつ》を漏らす。

「あ、お、俺、俺も……っ」

言わなくてはと気持ちばかりが急《せ》いて、舌がもつれる。

「俺も、リュウのことが――」

その時、凌の声に被せるようにして、ゴホンと誰かが咳《せき》払いをした。

【あー、盛り上がっているところ悪いんだが、その辺にしてもらえないか。そろそろ引き上げたいんだが】

知らない声が降ってくる。

ぎょっとした凌は咄嗟に天を見上げた。真っ暗な中、針の穴ほどの微かな光を発見する。

リュウが小さく息をつき、その穴に向かって声を張り上げた。

「わかった。引き上げてくれ」

「え?」

何が何だかわからず、凌はリュウを凝視する。リュウが困ったように笑った。「お預けが多くて参るな」

「え、話が見えないんだけど……」

ざあっと視界が流れた。次の瞬間、暗闇から一気に光の渦に塗り替えられる。

ハッと気づくと、凌はリュウに抱きかかえられたまま応接間の床に座っていた。

「凌！」と、聞き覚えのある声がしたかと思うと、わーんとメメが飛びかかるようにして抱きついてきた。「よかったよー、心配したんだよー」

泣きじゃくるメメの他にも、タナカにキングまでが心配そうに二人を取り囲んでいる。意識を戻した凌とリュウの姿を見た瞬間、ホッと頬を弛ませた。

「やあ、おかえり」

耳慣れない声が言った。先ほど夢の中で呼びかけてきたものと同じ声。

凌はおずおずと振り返る。

まず先に、手足を縛られて床に転がっているライムを見つけてぎょっとした。

そして、もがくライムの横で優雅に足を組み、椅子に座っている見知らぬ男と目が合う。

「はじめまして。貘二代目のイザヨイです」

垂れ目の男がにっこりと微笑んだ。

■12■

二代目が戻ってきた。

ノルマの達成まであと一匹足りなかったはずだが、実は凌たちが勘違いをしていたのだ。見回りに出かけて、凌が夢蟲に襲われかけたあの時——。

持ち帰る前にリュウが勢い余って潰してしまった件の夢蟲も、捕獲数にカウントされていたのである。

封印袋の数＝捕獲数だと思い込んでいたが、そうではなかったらしい。

その結果、九十九匹目だと思っていたあの淫魔獣がちょうど百匹目に当たり、悪夢祓いを行って依頼者の体から這い出てきた瞬間、ノルマは達成されていたのだ。

契約が発動し、失恋の傷を抱えて日本の最北でたそがれていた二代目は邸へと強制送還されたのだった。

「久々に戻ってきたら、この騒ぎだ。誰も俺には目もくれないからこっそり出て行こうとしたんだが、リュウに捕まってねえ。そしたらキミが倒れてるし。どうにかしろって、四人して俺を脅す始末。更にはそこに転がってる淫魔崩れまでが関わってるもんだから、いやあ、大変だったよ」

イザヨイがカラカラと笑った。三十前後の陽気な色男。少し長めの漆黒の髪が笑い声に合わせて揺れる。

つまりはこういうことだ。

突然意識を失った凌に住人たちは右往左往した。助けようにも、ライムが作り出した特殊な夢空間には、リュウをはじめ誰も侵入する術《すべ》をもたなかったからだ。現在、わけあって淫魔獣専門の祓い屋として働いているライムは、元は淫魔で淫魔獣を使役する立場にあったという。しかもあんなかわいい顔をして実力はエリート級であり、俄仕込みの貘では太刀打《たちう》ちできない歴然とした力の差が存在した。本気で腹を立てたライムも凌をリュウから引き離そうと躍起になっていたため、誰も手出しができなかったのだ。

途方に暮れたそこへ、北国から強制送還されたのが二代目だったのである。

事情を聞いた彼が、夢に取り込まれた凌とリュウの意識を繋いでくれたのだ。

先に逃げ出したライムは、イザヨイに捕まり、鞭のようなものでぐるぐる巻きにされていた。猿轡《さるぐつわ》までかまされて、「やりすぎだよー、おバカ淫魔。いい加減、リュウの追っかけは卒業しなよ。ストーカー繋がりで二代目なんてどう?」と、メメに編み棒でつつかれながら「んんー、んんー‼」と、暴れている。

どうやら住人たちもライムとは顔見知りのようだ。そして、彼の恋心まで筒抜けらしかった。リュウがここにやってきた半年前から、一目惚《ひとめぼ》れしたライムはずっと一途《いちず》にアプローチし続けていたのだと、タナカから耳打ちされて驚いた。――まあ、恋に恋しているようなお子さまです。リュウもそれをわかっていて、突き放すところは突き放していましたけど。どちらかというと、自分に懐いてくれるかわいい弟みたいな存在だったと思いますよ……。

その話を聞いて凌の脳裏を過ぎったのは、リュウの実弟のことだった。もし、ツバサが生きていたら、ライムと同じぐらいの年頃のはずだ。案外、タナカが言った通り、リュウは彼に亡き弟を重ねて見ていたのかもしれない。

しかしそれは、ライムにとっては酷だなと少なからず同情してしまった。同情すること自体が傲慢《ごうまん》だと、彼にはますます嫌われそうだが、凌はどうしても彼を憎めなかった。酷い目に遭わされたが、同じ相手を好きになった者同士、嫉妬する気持ちは凌が一番よくわかるからだ。

鞭と猿轡を外されて、正座をしたライムがぶすっと膨れっ面《つら》をみせた。

「あ」凌はふと気づいて言った。「ここ、怪我《けが》してる」

ライムの左頬に赤くなった擦《かす》り傷を見つけた。暴れた時に床で擦ったのだろう。思わず手を伸ばそうとした次の瞬間、パンッと彼に払われた。

「僕に触るな！」

「あ、ご、ごめん」

急いで宙に浮いた手を引っ込める。すると、横にいたリュウが「こら」とライムの頬をつまんで引っ張った。

「何でそんなに偉そうなんだ、お前は」

「い、いひゃい……っ」

「凌に何をしたかわかってるよな？　きちんと謝れ」

いつになく厳しい声に、ライムがビクッとした。ぎゅっと唇を噛み締めた彼は、チラッと上目遣いに凌を見てくる。気まずそうに視線を外して、ぼそっと言った。

「……ごめんなさい」

そっぽを向いた頭上で、ふわふわの髪の毛がひょこひょこと揺れている。その様子が彼の代わりにお辞儀して謝っているように見えて、凌は思わず頬を弛ませた。

「ううん。こうやって無事に戻ってこられたんだし。もう、いいよ」

目線を戻したライムが、先ほどまでのしおらしさはどこへやら、挑発的な眼差しで睨みつけてきた。

「でも、リュウは渡さないから！」

隣にしゃがんでいたリュウに、いきなり抱きついた。さすがに予想外だったようで、その場に尻餅をついたリュウが「おい」と叫ぶ。

「リュウもリュウだよ。僕がいない間に、何でこんなヤツを簡単に邸に入れちゃうんだよ。僕だって何度もここに住みたいって言ってたのに！」

子どもみたいにぷうっと頬を膨らませるライムに、リュウが一瞬、面食らったように押し黙った。頭を掻きながら、「何でと言われてもな」と、小さく息をつく。

チラッと凌に意味深な目線を寄越して、言った。

「俺にはこいつが必要だったから。俺から凌に傍にいて下さいって頼んだんだよ。こいつじゃなきゃダメなんだ」

「――…っ」

大きな目が傷ついたようにリュウを見つめる。ゆらゆらと琥珀色《こはくいろ》の瞳が潤み始めて、ライムはすぐに俯いてしまった。しゅんと悄気《しょげ》たふわふわ頭を、リュウが「ごめんな」と優しく撫でる。ライムの華奢な肩が小刻みに震える。

パンパンッと手が鳴ったのはその時だった。

全員の視線を集めて、椅子から立ち上がったのはイザヨイだ。それまで黙っていた彼はリュウよりも長身の体躯《たいく》で仁王《におう》立《だ》ちをし、垂れ気味の目をカッと見開いて言い放った。

「よし。今夜は宴だ。俺の歓迎会と、リュウの送別会。そして残念ながら一つの恋を失った俺とそこのガキを慰めるためのパーティーを開催する！」

唖然とする六人の顔を順に見回し、「ほら、お前たち、ぼけっとしてないで準備をしろ」と追い立てる。

彼の思いつきで、全員が応接間から宴を行う居間へと移動させられた。悪夢祓いに訪れていた客はタナカが応対して、凌が夢の中に閉じ込められている間に帰したそうだ。二代目の指示に従い、各自慌しく動き回る。

「ああ、えっと——凌、だったか」

イザヨイに呼び止められて、凌は振り返った。

「事情はリュウから聞いた。いろいろと大変だったな」

「あ、いえ」

思わず背筋を伸ばして、凌は首を左右に振った。

イザヨイが形のいい唇を軽く引き上げる。

「うちの者たちが世話になった。奴らが凌の料理を褒めていたぞ。俺も是非食べてみたい。凌とリュウにとってはこれが最後の晩餐《ばんさん》だ。思う存分腕を揮《ふる》ってくれ」

彼がニッと笑う。その言葉は、凌の奪われた対価の返還を意味していた。


宴は大いに盛り上がった。

凌とリュウが手分けして大急ぎで作った料理をつつきながら、キングの秘蔵のワインをイザヨイが勝手に開けて喧嘩になり、タナカは一人日本酒でまったり。ヤケ食いをするライムに負けるもんかとメメが張り合って、そこだけ大食い大会のようになっていた。わいわいと大騒ぎの中、凌もリュウと乾杯する。

貘の力を失うと同時に、リュウは完全に人間に戻ったらしい。恐る恐る台所に立って包丁を握る姿に凌は強い既視感を覚え、出来上がった料理を味見して自画自賛する彼を見た時には、一緒になってまるで自分のことのように大喜びした。死ぬほど不味《まず》かったリュウの料理はびっくりするほど美味しくて、これが本来の彼の実力なのだと恐れ入った。邸内ではわかりにくいが、凌も、もしかしたら奪われた家事能力がすでに戻っているのかもしれない。

料理も酒も出した傍からどんどん減っていく。

イザヨイが、貘の仕事をリュウに押し付けてまで追いかけていった相手との恋話を披露しながら号泣し、ライムがもらい泣き。キングは勝手にクダを巻き、残りの四人はとばっちりを食らって酔っ払いどもに絡まれた。

足りなくなった酒とツマミを台所に取りに行って再び居間に戻ると、そこは夜の動物園のようになっていた。

ソファで保護色のクッションに隠れてすやすやと眠っている白梟。絨毯の上では、珍しく羊と蝙蝠がセットになってくうくう寝息を立てていた。別の一角では、どうしてこうなったのか上半身裸のイザヨイとふわふわ頭に色とりどりのリボンをつけたライムが、仲良く頭をくっつけて気持ち良さそうに寝入っている。

凌は思わず頬を緩めた。酒を持って後から部屋に入ってきたリュウが呆れたようにため息をつく。

「まったく、しょうがないヤツらだな」

リュウと二人でみんなにブランケットを掛けて回った。

もうこの光景は見られないのかと思うと少し寂しくなる。たった二ヶ月弱の共同生活にもかかわらず、すでに彼らは家族同然の存在だった。

「どうした？」

リュウの声で現実に引き戻された。

「いや、いざここから出て行くとなると、寂しいものだなって思っちゃって」

メメのもこもこの毛をそっと撫でる。リュウも「そうだな」と呟いた。

「上で飲み直さないか」と誘われて、静かに居間を出る。

リュウの部屋にお邪魔すると、電灯がついていないのにもかかわらず仄《ほの》かに明るかった。

この部屋には天窓があり、頭上から蒼《あお》い月明かりが差し込んでいる。月光がベッドのリネンをゆらゆらと白く浮かび上がらせて、まるで水の中にいるような不思議な光景だった。

「この光の感じ、何だか水族館を思い出すな」

頭の中身を見透かされたのかと驚いた。思わずリュウを見つめると、彼が怪訝そうに首を傾げてみせる。

「うん？　何だよ」

「あ、ううん。似たようなことを考えてるなと思って」

「似たようなこと？」

「俺も、この感じが水の中にいるみたいだなと思ったから」

リュウが軽く目を瞠った。「へえ」と、興味深そうに頷き、嬉しそうに笑う。

「いいな、そういうの。同じものを見て、同じことを思う相手が世の中にどれくらいいるんだろうな。いたとしても、一生出会わずに終わる人がほとんどなんだろうけど」

チラッと意味深な流し目を向けられて、凌はドキッと胸を高鳴らせた。

「せっかくだから、月を見ながら飲むか」

部屋の明かりをつけずに、リュウがベッドに腰を下ろす。隣をぽんぽんと叩いて、凌を誘った。

何度かお邪魔した部屋だが、まるで初めて訪れるような気分になる。いつになく緊張しながら彼の隣に座った。

リュウが運んできたグラスにとぷとぷと赤いワインを注ぐ。片方を凌に渡して、チンッとワイングラスを鳴らした。

しばらく黙って月を眺めながら、グラスを傾ける。

「凌」

リュウがふいに口を開いた。

「さっきは邪魔が入って聞きそびれてしまったけど、あの続きを聞かせてくれないか？」

「え？」

隣を向くと、真剣な顔をしたリュウと目が合った。

「俺はお前のことが好きだ。これからもずっと傍にいてほしいし、生涯のパートナーとして一緒に生きていけたらいいと思ってる」

まるでプロポーズだ――。

胸がきゅっと詰まって、アルコールのせいではない熱がぶわっと首筋を上ってくる。

「あ、お、俺も」

嬉しかった。先ほどきちんと言えなかった言葉が、熱の奔流《ほんりゅう》となって喉元に迫り上がってくる。

「俺もリュウのことが好きだ。リュウと一緒にいたい。あのさ、実はあの時、俺も同じ夢を見たんだよ。リュウのお店で、俺も一緒に働いてた」

彼が目を丸くした。

「だから、リュウからまったく同じ夢を見たって聞いて、びっくりしたんだ。でも、本音はすごく嬉しかった。ここを出た後も、何とかしてリュウの傍にいられる方法はないかって本気で考えてたから――…っ」

いきなり抱きつかれて、凌は危うくワイングラスを落としてしまいそうになった。空のグラスをリュウが引き取り、床に置く。そしてまたぎゅっと抱き締めてくる。

「――凌、好きだよ」

耳元で熱っぽく囁かれて、カアッと頬が益々熱くなった。

「ここを出た後に住む場所はまだ決めてないよな？　うちに来いよ。店の二階をリフォームしてそこに住むつもりだったんだ。一緒に暮らそう」

「……いいの？」

「いいに決まってるだろ。嫌だと言っても連れて帰る」

クチュリと耳の孔《あな》を舐められて、ビクッと震えた。柔らかい耳たぶを甘嚙《あまが》みされると、痺れるみたいに背筋が戦慄《わなな》く。

「……っ。も、もう、リュウの貘姿は見られないんだな」

「何だよ」リュウが拗ねたような声で言った。「この姿の俺じゃ不満なのかよ」

「そ、そんなことないよ。そんなことないけど、あれはあれでかわいかったから」

高鳴る胸の鼓動と照れ臭さを誤魔化すように視線を宙に彷徨わせる。凌の首筋に埋めていた顔をふいに上げたリュウが、掠め取るようにチュッとキスをしてきた。

驚く凌を覗き込み、ニヤリと唇を引き上げる。

「貘じゃ、こんなふうにはできないだろ？」

「――！」

そんなかわいい顔するなよと、リュウが困ったように笑った。

「ここを出るまでは我慢しようと思ってたけど、やっぱり無理だな。今すぐ、触れたい」

「え、あ……っ」

言い返す間も与えられず、再び唇を塞がれた。今度は歯列を割って、すぐに肉厚の舌が潜り込んでくる。

「ん……んぅっ」

舌を絡め合いながら、凌はゆっくりとベッドに押し倒された。


互いの舌を散々貪りあった後、口づけを解いたリュウは、二人分の唾液が滴る凌の顎を舐めて、首筋にキスを落とした。

「……っ」

滑《なめ》らかな肌の感触を味わうように吸いつきながら、裸の胸元に唇が下りていく。

男のリュウに組み敷かれることに何の抵抗もなかった。自分が彼を押し倒すイメージが最初からまったく湧かなかったのは、毎晩見させられていた夢のせいだろう。いつだって圧《の》し掛かってくるのはリュウの方だったので、凌も当たり前のようにそれを受け入れていた。

ギシッとベッドが軋《きし》む。シーツに肌が擦《こす》れる。触れ合う互いの温度。汗で湿った皮膚感。

夢の中ではカットされていた生々しい音や感触が、これが夢ではなく現実であることを物語っていた。

「ぁっ」

胸の突起を舌で転がされて、鼻から甘ったるい声が抜けた。夢の中で何度もいじられた場所だ。実際には他人に触れられるのが初めてにもかかわらず、そこは敏感に愛撫を享受する。

「はあ、あっ、ふ……んんっ」

「……そんなにここが好きなのか？」

背中を反らして胸を突き出し、ビクビクッと身悶《みもだ》える凌を見下ろしながら、リュウが怪訝そうに言った。

「胸だけでこんなに乱れて——…男は初めてなんじゃなかったのかよ」

硬く凝《しこ》った粒を咎《とが》めるようにきつく引っ張られる。

「は、初めてだよ」

喘ぎながら答えた。

「それでこれ？」リュウがくすりと哂う。「へえ、随分と感度のいい体なんだな。今までは女に触ってもらってたのか。ここまで開発されて、一体どんな女と付き合ってたんだよ」

指を擦り合わせて、乳首を擂り潰すように虐《いじ》められた。胸から全身にビリッと微電流が走り、「あうっ」と腰をくねらせる。

敏感な体――。

嘲《あざけ》るような言い方に、何か誤解をされているらしいことは伝わってきた。

「ゆ、夢の中で……」

「夢？」

凌は正直にこくこくと頷いた。そういえば、きちんと説明していなかった。ライムからもまだその話は聞いてないのだろう。下手に隠して疑われたくはない。

「ずっと、ライムに夢を見させられてたんだ。その中で、いつもリュウにいじられてたから。初めてなのに、初めてじゃない感じがして、自分でもよくわかんなくて……っ」

一瞬、リュウが動きを止めた。

「……ふうん。夢の中の俺が、ねえ」

ふいに手が下方まで伸びてきた。剝き出しの股間をやんわりと包まれて、ビクッと腰を撥ね上げた。すでに兆《きざ》してしまっているのが恥ずかしい。知らない間に張り詰めていた劣情を手のひらでやわやわと揉みこまれて、自分でも耳を塞ぎたくなるような濡れた声が漏れた。

「夢の中の俺はここも触ったか？」

「……ぁ、ぅっ、うん」

そこはもう何度も触られて、夢の中でも淫らに身をくねらせ悦《よ》がった場所だ。

だが実際に、生身のリュウに触ってもらった感覚は夢の比ではなかった。大きな手のひらが硬くなった屹立《きつりつ》をゆるゆると扱《しご》きだす。目の前に小さな火花が散った。

みるみるうちに下肢に覚えのある熱が集中し始める。唇を噛み締め、内腿《うちもも》に力を入れて体の変化に必死に耐える。

リュウの手がするりと奥へ潜り込んだ。膨らんだ陰嚢《いんのう》をくすぐり、更にその奥にまで指を這わせる。薄い尻の肉を掻き分けて、隠れていた窄《すぼ》まりを探り当てた。

「——…ここは？」

入り口を指で押し上げてくる。

「まさか、もうここに受け入れたのか？」

低く問われた。苛立った口調は、まるで夢の中のもう一人の自分に嫉妬しているようにも聞こえて、凌は戸惑う。慌ててかぶりを振った。

「そこは、まだ、何もされてない。いつも、際どいところで目が覚めてたから」

最後の夢は本当に寸前までいった記憶があった。もう一晩あったら、次こそ一線を越えていた可能性は高い。

薄闇の中、リュウがほっと息をつく気配がした。

「……だったら、本当に俺が初めてなんだな」

「？　夢の中だって、リュウしか出てこなかったんだけど」

「夢の俺は淫魔獣が作り出した偽者だ。俺じゃねえよ、一緒にするな。ただでさえ勝手にお前に手を出されて、腹が立ってるんだから」

そう言って顔を伏せたリュウに、いきなり屹立を咥《くわ》えられた。

「あ…っ」

生温かい粘膜に中心を包み込まれて、凌は思わず言いかけた言葉を飲み込んだ。リュウの頭がゆっくりと上下し始める。くびれた部分に舌がねっとりと絡みつき、くぐもった声が漏れた。

敏感な裏筋を丁寧に舐め上げ、舌で巻き取るようにして張り出した亀頭部をすっぽりと自分の口腔《こうこう》に迎え入れる。

そっちこそ、男は初めてだって言ってたくせに——。

あまりにも巧みな口淫に、あらぬ疑いをかけてしまいそうだった。

慣れた素振りとは裏腹に、時折がっつくように凌を奥深くまで飲み込んでは夢中で頭を動かし性急に攻め立ててくる。

「う…ぁ、あ……っ」

陰嚢にまできつく吸い付くようにしてしゃぶられて、経験したことのない気持ちよさに勝手に腰が揺れてしまう。

再び反り返った茎を舐め上げられて、先走りの滲む先端を飲み込まれた。硬く尖らせた舌で鈴口を押し広げるようにつつかれる。蟠《わだかま》った熱が迫り上がってくる。腰が浮いて、咄嗟にシーツに爪を立てた。

「あ、リュウ、どいて……も、ヤバイ……」

手探りで張りのある頭髪をくしゃりと摑む。凌の股間に埋めている頭をどかせようと押しやったが、彼はまったく動こうとしない。それどころかますます深く咥え込んでくる。

リュウが頰を窄めて、今にもはちきれそうなそれを一際きつく吸い上げた。

「ひ、あっ――!」

ドクンッと腰が跳ね、堪《こら》え切れずにリュウの口の中へ射精してしまった。急激に押し寄せた快感の波に放り出されて、一気に全身の力が抜け落ちる。

茫然《ぼうぜん》とする凌の両膝を、突然リュウが掬い取った。

高く掲げられたかと思うと、膝が胸につくほど深く折り曲げられる。精を放って萎えた股間が眼前に迫る。その向こうで、リュウが舌を突き出すのが見えた。

月明かりを浴びて、赤い舌の上で卑猥《ひわい》な白濁が艶《なまめ》かしく光る。

「……あ、何……んぅっ」

尻を摑まれて、ぐっと左右に割り開かれた。硬く閉ざした窄まりに滑《ぬめ》った舌が押し当てられる。

「あ、やっ」

ぬるぬると舌で襞《ひだ》を伸ばすようにして、後孔《こうこう》を舐め回し始めたのだ。

「やめ、汚いって……ぁ、そんなとこ、舐めるなよ……んっ」

びっくりしてひくつく入り口に、リュウは顔を埋めたまま行為を続ける。

自分でも触れた事のない場所を、男の舌で舐めほぐされるのは恥ずかしくて堪《たま》らなかった。羞恥《しゅうち》でおかしくなりそうだ。しかし体は正直で、一旦収まった下腹部に再び熱が集中し始める。ぐったりとしていた中心が早くも芯を持ち、ゆるゆると頭を擡げる様子が熱に潤んだ目に飛び込んできた。

「……はあ、……ふっ」

ピチャ、ヌチャと粘着質な水音に耳まで犯される。

やけに滑りがいいのは、唾液以外に凌が吐き出した大量の精液が混ざっているからだ。口の中に溜めたそれを、リュウは器用に舌に絡ませて丹念に襞に塗りこめてくる。

ぬるっと舌が孔の中にまで差し入れられた。内側の粘膜を舐め溶かすような動きで、舌がぐるりと動き回る。

そんなところまで舐められてしまうと、かえって羞恥は吹き飛び、代わりに甘美な背徳感が込み上げてきた。

弾力のある舌を抜き差しされて、ゾクゾクッと快楽に全身が打ち震える。徐々に浅い場所ばかりを舐められるだけでは物足りなくなり、無意識にもっと奥へ誘い込もうと、粘膜をひくつかせて彼の舌を締めつけた。

「――っ」

突如、凌の誘いを蹴るようにして、ぬるりと舌が引き抜かれた。

肩透かしを食らって、凌は切なく喘ぐ。高く掲げた自分の尻の向こう側から、リュウが見下ろしてくる。

「……やらしい顔だな。そんな目で煽《あお》られて、よく夢の中の俺は我慢できたもんだ」

息を弾ませながら、リュウが笑う。月光に綺麗な陰影を映し出された彼が、ゆっくりと舌なめずりをした。その獲物を前にした肉食獣のような仕草に、期待した体が疼《うず》き、ぶるっと胴震いしてしまう。

性急な動きで両足を抱きかかえられた。

リュウが腰を押し当ててくる。ほぐされたそこに、硬い感触が宛《あて》がわれた。滑った先端が粘膜をくじる。恥ずかしい水音とともに、ぐっと入り口が押し開かれた。

圧がかかり、じわじわと孔が広げられていく。

「――っ、は……っ」

想像をはるかに凌《しの》ぐ圧迫感と質量に、一瞬、息が止まりそうになった。圧倒的な太さと硬さの熱の塊。火傷《やけど》しそうに滾《たぎ》った男の情欲に、狭い粘膜が悲鳴を上げながら、少しずつ貫かれていく。

初めて経験する行為は、思っていたものとはまったく違った。激しい苦痛に涙が溢れる。

埋め込まれたそこから、体が真っ二つに引き裂かれるようだ。

男の怒張に貫かれながら、必死に喘ぐようにして空気を貪った。その方がラクだと途中で気づいたからだ。開きっぱなしの口からすすり泣きに似た声が漏れる。

「……ぁ、ぁ、んっ……あ」

リュウが凌の様子を気遣いながら、慎重に腰を進めてくる。下腹部が熱で膨れ上がり、結合部からはヌチュ、クチュッと卑猥な音が間断なく鳴り続ける。

ふいに動きが止まった。

尻に硬い茂みが触れて、汗ばんだ肌が密着した。彼の根元まですべてを飲み込んだのだ。

「凌、大丈夫か？」

心配そうに声を掛けたリュウは苦悶《くもん》の表情をしていた。凌も苦しいが、それは彼も同じなのだと気づく。力の加減ができない不慣れな粘膜にぎゅうぎゅうに締めつけられているのだから、男として辛くないわけがなかった。

「ん……へいき……」

舌足らずな甘ったるい声で答えると、リュウがふっと汗の滲んだ顔を和ませた。

「俺は、平気じゃないかもしれない」

ぐうっと更に下腹部を密着させてくる。驚くほど奥深くまで埋め込まれた先端が、敏感な部分を押し上げた。

「あっ」

「悪い、我慢できない。……動くぞ」

そう言うと、ぴったりと収まっていたものを強引に抜きにかかった。ずるりと腰を引かれて、擦られた内壁がビクビクッと蠕動《ぜんどう》する。内臓ごと引き摺り出されるような感覚に思わず目を瞑った瞬間、今度は引き抜いたものを一気に最奥まで突き入れられた。強烈な快感が全身を駆け巡り、頭の中が一瞬真っ白になる。

「あ……っ、あっ」

最初は控えめだった腰の律動が、徐々に速度を上げて凌を貫く。痛みはとっくに麻痺して、粘膜の摩擦は別の感覚に掏《す》り替わり始めていた。

「あ、あ、リュウ……っ」

「竜成《りゅうせい》だ」

腰を叩きつけながら、彼が情欲にまみれた声で言った。

「俺の、本名。柴崎《しばさき》竜成っていうんだよ」

角度が変わり、抉《えぐ》るような抽挿《ちゅうそう》に翻弄《ほんろう》される。舌を噛みそうになりながら、凌は初めて知る彼の名前をたどたどしく口にした。

「ぁ、リュウ……竜成……？」

「そうだ。もっと呼んでくれ」

激しく揺さぶられる。凌は嬌声《きょうせい》混じりに彼の名前を呼び続けた。甘く濡れた声で繰り返すたびに、体の奥に埋め込まれた脈々とした屹立が悦ぶように跳ねる。

「あ……りゅ、りゅうせい、竜成……っ、あ、ぁ」

「……凌。好きだ、凌」

「お、俺も、竜成のことが、好き、だよ……っ」

繋がったまま、伸び上がったリュウに顔を覗き込まれた。接合部がより深く密着し、敏感な最奥を硬い先端で捏《こ》ねるようにされる。

感じ入った声を上げると、幸せそうに微笑んだ彼が咬《か》みつくようにして口づけてきた。波に揺られているように腰を大きく回されて、高く掲げた爪先が空を何度も蹴り上げる。気持ちよすぎて喘ぎ声が止まらなくなる。

硬く張り詰めた彼の屹立が、凌の中で更に膨れ上がった。腰の動きが一層大胆になり、太いそれで熟れた粘膜を激しく擦り上げられる。

淫夢の比ではない快感の渦に眩暈がした。

熱い――。リュウと繋がっている部分が熱くて蕩《とろ》けてしまいそうだ。このまま擦れて輪郭をなくし、どろどろに溶けて彼と一つに混ざり合ってしまうのではないか。そんなふうに思うと余計にそこが熱で疼き、切なくてたまらなくなる。

「っ、ぁあっ、もう、イキそう……っ」

内壁が激しく痙攣《けいれん》する。

「……俺も、だ」

腰を抱え直された直後、汗を滴らせたリュウが荒々しく腰を叩きつけてきた。

「あ、ぁっ、は……ンぁ、あ、ああ――……っ」

目の前に火花が散った。濡れた悲鳴を上げて、奥深くまで銜《くわ》え込んだリュウの欲望をきつく締めつける。

「……うっ」

切羽詰まった低い呻《うめ》き声と共に、凌の中でも熱い迸《ほとばし》りが噴き上げた。

■13■

西日に照らされた黒い三角屋根と白壁のかわいらしい建造物。

純白の生クリームを添えた濃厚なガトーショコラを連想させるその前に立って、凌はまじまじと見上げた。

訪れるのは二度目だが、すでに何年も前から知っているような感慨深さがある。

「戻ってきたね」

隣を見ると、段ボール箱を抱えたリュウが「ああ」と頷いた。

「ようやく、戻ってきた」

ふっと目を細めて我が子のように自分の店を見つめる様子が本当に嬉しそうで、凌も思わず微笑んだ。

二代目が帰館して一夜明けた翌日。

凌はリュウと一緒に、半年の間ずっと眠っていた店舗を今開けようとしていた。

洋風の黒の格子《こうし》扉をしばらく眺める。

リュウが無言で箱を地面に置いた。すうっと息を吸い込む。

彼がポケットから取り出した鍵を見て、凌も俄に緊張してきた。

以前は、それすら鍵穴に入れさせてもらえなかった。凌は扉の取っ手に触ろうとして、強い静電気に阻まれたし、リュウにいたっては更に激しい拒絶で弾き返されていたのだ。

だが、今日は違う。

リュウが緊張気味にゆっくりと手を伸ばす。鍵の先端が鍵穴に触れた。すっと抵抗なく奥まで差し込む。

思わず顔を見合わせた。

「――開けるぞ」

少し掠れた彼の声に、凌もドキドキしながら頷く。

カチャッと鍵が回った。

扉が開く。

中は黒を基調としたレトロな雰囲気に作られていた。

所々に落ち着いた赤色が差し色に使われて、大きな窓からは裏庭の榎の木が見える。ゆったりとした開放的な空間。高い天井は立派な梁《はり》をそのまま生かした作りになっていて、シーリングファンが付いていた。

外観もかわいかったが、レトロな内装を見た瞬間、凌は一目で気に入ってしまった。

「うわあ、すごいな。俺、好きだな、この落ち着いた感じ。こんなお店だったら、毎日通っちゃうかも」

思わずはしゃぐと、リュウが怪訝そうに見てきた。

「何で客目線なんだよ。お前はここで俺と一緒に働くんだろうが。今更、やっぱり嫌だとか言い出しても絶対に逃がさねーぞ」

「……っ、わ、わかってるって」

少々横柄な物言いにも、胸がきゅんとなる。

「逃げるわけないだろ。俺だって、ここで働きたいと思ってたんだし。それに、これからもリュウと一緒にいられて嬉しいから……」

言いながら、カアッと熱が首筋を伝って顔に広がっていくのを感じた。普段言い慣れない言葉を素直に伝えるのはなかなか恥ずかしい。

「……あまりかわいいことを言われると、またしばらく開店が延びてしまいそうだな」

「え？　あっ」

ふいに腰に腕が巻きついてきて、リュウに抱き寄せられた。チュッと唇を掠め取られる。

「体は平気か？　無理してないか」

腰を擦《さす》るふりをしながら臀部《でんぶ》まで撫で回されて、凌はぶわっと顔を熱くした。昨夜の情事が生々しく蘇る。確かに、初めての行為で酷使した腰は少し辛い。

「だ、大丈夫、だから……っ」

じりじりと密着してくるリュウの胸元を押し返して言った。

「それより早く、荷物を運ぼうよ。二階が住居スペースなんでしょ？　日が暮れる前に、片付けちゃわないと」

「そうだな。二階にはベッドもあるし」

「べ、ベッドは別に関係ないだろ。俺、車に積んである荷物を運んでくるから」

「そんなにせかせかすることないだろうが。せっかく二人きりになれたのに。もうちょっとくっつかせろよ」

リュウが甘えるように抱きついてくる。首筋に鼻先を擦り付けるようにされて、ゾクッと甘い痺れに背筋が戦慄いた。

「もっ、もう獏じゃないんだから。いちいち抱きつくなって」

「獏じゃないけど、恋人だろ？　イチャイチャ抱き合いたい」

頬にキスを落とされた。正面から凌の腰に両手を回し、覆い被さるように額や目尻、鼻の頭にチュッチュと口づけてくる。

最後にまた唇に戻って、啄《つい》ばむようなキスをかわした。

息のかかる距離で一瞬見つめ合い、濃密な空気ごとリュウの唇が迫ってくる。凌もゆっくりと目を閉じる。

バーンと、扉が外から開いたのはその時だった。

「リュウ！　遊びに来たよ！」

ギョッと振り返った二人の目に飛び込んできたのは、大荷物を抱えたライムだった。

抱き合ったまま固まっている二人を見て、イラッとしたライムが荷物を投げ出しドスドスと寄ってくる。凌とリュウの間にズボッと腕を差し込んで、無理やり引き剝がした。凌をドンッと押しやって、自分がリュウの前に立つ。

「……おい。さっき別れたばかりで、何でまたここに来るんだ」

リュウがうんざりとしたように言った。邪魔をされて不機嫌極まりない。

「あいつらが連れて行けって言うから、仕方なく運んでやったの！　まだ日が高いとか我がまま言って、僕を扱《こ》き使うんだよ。酷いでしょ？　もう、重いったらないよ。見てよ、リュウ。腕がパンパン」

「あいつら？」

唇を尖らせたライムが指差した戸口には、彼が乱暴に投げ出した荷物が転がっている。大きな黒のボストンバッグが二つ。

膨らんだバッグがもこもこと動いた。ジジーッとファスナーがひとりでに開いたかと思うと、中からもふっと白い毛の塊が飛び出す。

『もー、乱暴にしないでよ！　おバカ淫魔』

器用に蹄を使ってプリプリとしながら出てきたのは、メメだった。『いきなり引っくり返ったので、何が起きたのかと思いましたよ』と、白梟も這い出てくる。

『まったく、気の利かないお子さまだ』と、もう一方のバッグから出てきたのは蝙蝠。更に、その後に続いて白黒のツートンカラーの獣がぽてぽてと出てきた。

凌は一瞬、リュウを見やった。気づいた彼が軽く肩を竦めて、「俺じゃないぞ」と答える。

『へえ、なかなかいい店じゃないか』

ぽてぽてと歩き回りながら、垂れ目の貘が言った。

『よし、開店祝いだ』

ポンッと人型に戻ったイザヨイが、パチンッと指を鳴らす。

何もなかったテーブルの上に酒瓶が現れた。

「今夜も楽しく宴だ！」

『わーい！』と、飛び上がったメメがぴょーんと凌に抱きついてくる。タナカとキングも人型に戻って、ぞろぞろとテーブルを囲む。

「はあ?」リュウが焦った。「おい、ふざけるな。そういうのはあの邸でやれよ。何でここで飲む気満々なんだ」

叫ぶと、イザヨイが額を押さえて寂しげに頭を振った。

「そう、つれないことを言うなよ。まだ失恋の傷が癒えてないんだ。こういう時は、みんなで楽しく騒ぐのが一番だろ?」

「だったら、邸で騒いでろよ。幸せな同棲生活を邪魔する気かよ」

「……わかってるじゃないか。俺のハートがズタズタのボロボロなのに、お前らはちゃっかりラブラブなんてそんなバカなことは許されないだろう。ねえ、凌？　あ、これ傷心旅行中に見つけた美味しいチーズなんだよ。つまみに使ってくれ」

「あ、はい」

イザヨイに笑顔で渡されて、凌は思わず受け取ってしまった。「凌、構わなくていいぞ」とリュウが嫌そうに言い、イザヨイと喧嘩になる。

テーブルではキングとダナカが勝手に酒盛りを始めていた。メメは持参した袋の中から自作の編みぐるみを取り出して、せっせと店のインテリアとして並べている。羊に白梟に蝙蝠、そして貘が二匹。一つ人形が混ざっているあれは、凌だろう。ライムがキリッとしたツリ目の方の貘を指差して、「これちょうだい」とねだっている。

邸を出ても、何だかあまり変わらないな――。

少しは寂しくなるかと思ったのに、やっぱり相変わらず騒がしい。でもその騒がしさが、もう凌にとっては日常になっていて、嬉しさと心地よさを覚えてしまった。

凌はくすくすと笑いながら、厨房に向かう。

電気ガス水道はすぐに使えた。イザヨイが餞別《せんべつ》だと手配してくれたのだ。調理道具もすべて新品が揃っている。

包丁を取り出す。

「……もう、大丈夫だよな？」

ドキドキしながらチーズを切り分ける。綺麗な黄色い断面を確認して、凌はホッと胸を撫で下ろした。切り口も滑らか、すべて同じ厚さに揃っている。奪われた家事能力は完全に戻っていた。

「よかった――」

思わず独りごちると、「何がよかったんだ？」と背後から声がした。

振り返るとリュウが立っていた。

「あ、ほら見てよ」凌は嬉しくて声を弾ませた。「邸の外でもちゃんと包丁が使える。二ヶ月前に外で包丁を握った時は、自分が切ったとは思えないくらいガタガタでさ。包丁自体がまともに扱えなかったのに」

「ふうん。俺は邸での手際のいいお前ばっかり見てたからな。どこが違うのかよくわかんねーけど」

チーズを覗き込んで、リュウが言った。「この調子で、これからも頼むぞ」

「任せてよ」

凌はニッと笑う。

「明日はメニューを決めるか」

「そうだね。たくさん試作品を作ったし、さすがにあれを全部メニューに載せるのは大変だからな。定番と季節限定を分けてもいいかもね」

凌を背後から囲い込むようにして、リュウが作業台に両手をついた。

「そうだな。ああそうだ、そいつも掛けないと」

厨房の隅に、白い布をかけた看板が置いてあった。ここに来る前に、預けていたリュウの知人宅に寄って引き取ってきたのだ。

「そういえば、店名を聞いてなかった。何ていうの？」

リュウが少し躊躇って、「……『Shibaya』」と答えた。

「柴崎から取ったんだが——……改めて考えると、もっとしっくりくる名前がある気がしてきた。ネーミングセンスがないんだよ。そっちも、明日一緒に考えてくれるか。俺一人の店じゃなくなったことだし」

耳元で囁かれてゾクッとした。目を向けると、すぐそこにリュウの端整な顔があって、ドキッとする。

「……お店の名前は、大事だしね」

「そうそう。俺たちの店だから。まあ、お前が柴崎凌になってくれるなら、別だけど」

甘い視線に搦め捕られて、ふわりと体温が上がる。それもいいなと思ってしまった。

「……か、考えとく」

一瞬、面食らった顔をしたリュウが、目尻をくしゃりとさせて嬉しそうに微笑む。

「いい返事を期待してるから」

とろけるような甘い声で囁くと、彼は凌の唇に自分のそれをゆっくりと重ねてきた。

黒ヒツジ、危機一髪。

おにいちゃん。

気づけばわらわらとたくさんの子どもに囲まれていた。ねえ、おにいちゃん。いっしょにあそぼうよ。背後から袖を引っ張られる。

「ツバサ！」

記憶よりも随分と幼い弟の姿を見つけて小さな手を摑《つか》んだ瞬間、ぼろっと崩れた。ぼとぼとっと、地面に落ちた彼の破片がむくりと隆起して、新たな彼が生まれる。一人、二人……三人……。おにいちゃん。おにいちゃん、あそぼ。ねえ、おニイちゃァあン。

そこにはもう弟の姿はなかった。子どもに似せた泥人形が、がらんどうの目と口をぽっかりと開けて、体中に纏《まと》わりついてくる。だが、その声だけは酷く聞き覚えのあるもので、おにいちゃん、おにいちゃんと人懐っこく呼ばれるたびに、胸が押し潰《つぶ》されるようだった。

いいね、おにいちゃんは。

いっぱいあそべて。

アシもテもアタマノナカもボクとちがってゲンキだモンネ。

がくっと体が沈んだ。見ると、なぜか両足が沼に嵌《は》まっていて、底なし沼の中からどろりと幼い手が何本も伸びてくる。身動きが封じられて、ずぶずぶと引き摺《ず》り込まれる。腰が沈み、胸が沈み、肩が沈んで、やがて息ができなくなる。

おにいちゃん。アタマガイタイヨー。おにイちゃああん。タスケテおニいチャああアアん。沼の中に恐ろしい鬼がいた。牙《きば》を剝《む》き、大きな口を開けて獲物が落ちてくるのを今か今かと待っている。必死にもがいた。だが、体は言うことをきかない。真っ暗な視界の中、唯一光るのは鋭い牙だ。足を摑まれる。ずるっと深く引き摺られる。鬼の牙が脛《すね》に咬《か》みつく。

ひとりだけニゲるノズルイよおにいちゃん。マッテヨ、おニイちゃアアァん。

鬼に喰《く》われる寸前——いつもならここで強制終了がかかるはずだった。しかし、その日は違った。毎晩うなされ続けた悪夢には続きがあった。

恐ろしい底なし沼から救い出された彼は、見覚えのある大きな榎《えのき》の木の枝の上に、小さな人影を見つけた。

「ツバサ?」

恐る恐る声をかけると、枝に座ってぶらぶらと足を揺らしていたその子が振り返る。ニカッと屈託のない笑顔を見せたかと思うと、ぴょんと飛び下りた。

「おいっ、危ない!」

慌てて駆け寄り、ヤンチャな弟を受け止める。ほっと胸を撫《な》で下ろし、「何をやっているんだ」と叱《しか》った。首をすくめた弟がへヘッと笑う。傾いた太陽が小さな顔を照らした。

「ねえ、兄ちゃん」弟が言った。「ぼくのこと好き?」

西日の眩《まぶ》しさに思わず目を細めて、彼は答えた。

「当たり前だろ。たった一人の弟なんだから、好きに決まってる」

「兄ちゃん」幼い声が急に間延びして低くなる。「あのねえ、ほんとはねえ、ぼくはぁ――」

その時、ざざっとノイズが入った。

「え?」彼は訊《き》き返した。「悪い、聞こえなかった。もう一度、言ってくれ……うっ」

突然ぐにゃりと視界が歪《ゆが》み、一斉《いっせい》に景色が流れて、意識までもが攫《さら》われる――。

「――で、目を覚ましたら、知らない部屋のベッドに寝かされていたんだ。お前の悪夢を祓《はら》った時と一緒。まあ、俺の隣には裸の二代目は添い寝してなかったけど」

遅い夕食用のパスタソースを作りながら、リュウが冗談めかして言った。

「そっか。それが、リュウの悪夢だったんだ」

サラダを盛り付ける手を止めて、凌《しのぐ》は思わず詰めた息をそっと吐く。聞こうと思って聞きそびれていた夢の話。今は亡き彼の実弟が関係していたことを初めて知った。

「悪夢を見なくなってせいせいしたんだけどさ」

少し遠い目をして、リュウがぽつりと言った。「いまだにちょっと引っかかってるんだよ。あれはただの悪夢で、ツバサ本人とはまったくの別人だってわかってるんだけど。でも実際、兄ちゃんばっかり元気でズルイって、心の中では思うこともあったんだろうな。ツバサは最後に何て言おうとしてたんだろ。キライって言われたらさすがに夢でもへこむ……」

「ツバサくんがそんなこと言うわけないって」

思わず凌は否定した。だがすぐに我に返って「いや、会ったことはないから、俺の想像なんだけど」と、しどろもどろに付け加える。一瞬の沈黙の後、リュウがふっと笑った。フライパンから手を離し、凌の頭をぽんぽんと撫でる。「ありがとな」

「……所詮《しょせん》悪夢だよ。現実とは違うんだから」

リュウが「そうだな」と頷《うなず》く。「貘《ばく》の後遺症なのか、最近は夢を見ること自体ほとんどなくなったからさ」少し寂しそうに呟《つぶや》いた。

「どっちにしても、あいつの言葉を聞き逃してしまったことが、唯一の心残りだな」

悪夢とは本当に厄介だ。

凌自身はリュウのおかげでもう完全に悪夢と決別したが、一方のリュウは悪夢を見なくなった今も、見えない何かに囚《とら》われているようだった。

「祓った悪夢をもう一度見ることができるかって？」

ワイングラスを優雅に傾けていたイザヨイが、垂れ気味の目を軽く瞠《みは》って怪訝《けげん》そうに凌を見つめてきた。

凌は思わず「シー」と、人差し指を立てる。

慌てて厨房を振り返った。オープンキッチンの向こう側では、軽快に包丁を扱うリュウの背中が見える。どうやらあちらまでは聞こえなかったようだ。ホッと胸を撫で下ろす。

「もう少し声を抑えてください」

「何で？」

イザヨイが不思議そうに店内を見回した。すでに客はおらず、フロアの一角を陣取っているのは彼のみ。それもそのはず、【CLOSED】の看板を出すのをわざと待ち構えているかのように、いつも閉店間際になって滑り込んでくるからだ。

ちなみに、今飲んでいるワインは彼の持ち込みである。カフェ『Shibaya』――改め、『Bakuya』は、アルコールドリンクも置いているが、どうやらお気に召さなかったらしい。彼は今宵も一人、生産地不明の怪しいワインとリュウの料理に舌鼓《したつづみ》を打っていた。最近は恋愛に懲《こ》りたのか、食に興味の比重が偏り気味だとか。

「誰に聞かれてはいけないのかな？」

ルビー色のグラスを揺らしながら意味深に見つめられて、凌はうっと言葉を詰まらせた。言葉の代わりに視線が泳ぐ。思わず厨房を意識する凌に、イザヨイはなるほどと頷いた。

「あの生意気な店主に関係しているわけだ」

酒にもケチをつけ、更には店名にまでケチをつけた彼がリュウと一悶着《ひともんちゃく》起こしたのは記憶に新しい。散々もめた結果、邸《やしき》の住人たちの説得もあって『バクヤ』に変更になったのだ。

凌にとっては『シバヤ』も捨てがたかったけれど、今の名前はいろいろと思い出深くて気に入っている。白黒の外観にも似合っているし、リュウだって最初こそブツブツ文句を言っていたが、内心悪くないと思っているはずだ。特注のカフェエプロンにはメメ特製の貘の刺繍《しし ゅう》が施されていた。

白黒モチーフなのでインテリアやワンポイントにも使いやすく、『バクヤ特製ランチ』の白黒プレートは、リュウと二人で探し回ってようやく見つけた掘り出し物。目を引く外観に、メメが来るたびに増えていく編みぐるみや凌がこだわった食器、もちろんリュウが考える独創的なメニューも好評で、開店当初から店内は賑《にぎ》わいを見せている。三ヶ月経《た》った今もリピーターがどんどん増えて、おかげさまで毎日二人とも忙しく動き回っていた。

ワイングラスをテーブルに置いたイザヨイが、ふむと頷いた。

「せっかく祓った悪夢をもう一度見たいだなんて、さては凌は見たまんまのドMだな」

「……どういう意味ですか」

彼が手を伸ばした先の皿をひょいと取り上げて、凌は睨《にら》みつける。標的を見失った指先が空を掻《か》き、イザヨイが切なそうに呟いた。「ああ、俺のクロスティーニ……」

ちなみにこれも店のメニューには載っていない。まるで我が家の食卓みたいに、リュウを呼び寄せては好き放題にオーダーするのが彼である。手土産《てみやげ》として、食材は最高級を持参するところがまた憎い。凌もリュウもなまじ知識があるため、名前だけは知っているけど手が出せない食材を前にすると、おおっと胸を高鳴らせてしまうのだった。

リュウは今、厨房でウキウキとしながら生ハムとポルチーニ茸《たけ》を使ったパスタを作っている。凌も後でおこぼれをもらう約束だ。ポルチーニ茸というものを一度食べてみたかった。

「まあ、凌の性癖は後で教えてもらうとして」

「教えませんよ」と、凌が戻した皿にさっそく手を伸ばして、イザヨイは言った。

「もう一度見たい夢というのは、自分ではなくリュウの方――ということでいいのかな？」

さらりと核心を衝《つ》かれて、凌は一瞬面食らってしまった。僅《わず》かに躊躇《ためら》った後、頷く。

「最後に見た夢に、弟さんが出てきたんだそうです。目覚める直前の会話が、上手《うま》く聞き取れなかったらしいんですよ。それからずっと、そのことが気になってるみたいで」

リュウがカフェを経営することになったきっかけや、数々のレシピにまつわる思い出話を聞いた限りでは、生前のツバサにリュウへの蟠《わだかま》りがあったようにはとても思えない。悪夢は所詮悪夢だ。夢蟲《ユメムシ》が人間の記憶を勝手にいじって捏造《ねつぞう》した幻《まぼろし》にすぎない。若くして病死した不憫《ふびん》な弟に対する兄の負い目をいいように利用されたのだ。すべてはリュウの思い過ごしだが、それでも本人にとってはずっと抜けないトゲのように心に引っかかっているのだろう。

「――ああ」イザヨイが思い出したように言った。「そういえば、あいつの悪夢はそんなような夢だったな。弟君は早くに亡くなったんだったか」

「はい」凌は頷いた。「そうか、イザヨイさんもリュウの夢の内容を知ってるんですよね。最後にツバサくんが何を言ってたか覚えてませんか？」

しかし、彼はへらへらと笑って「いや、全然」と首を振るだけだった。凌はがっくりと肩を落とす。

「でも、あいつの悪夢は保管してあるぞ」

「え？」

「今後も何かと利用できそうだと思って、夢蟲から抽出した夢は売らずに取ってある。どこにしまったかな。確か、あの棚の奥に……」

おもむろに目を瞑《つむ》ったイザヨイが、突然パチンッと指を鳴らした。次の瞬間、テーブルの上にポンッと小瓶《こびん》が現れる。クリスタルの栓がしてあり、中には見る角度で色が変わる不思議な石の玉が入っていた。彼は長い指でそれを摘《つま》み上げると、ラベルに表記された暗号のような数字と文字の羅列《られつ》を眺めて、「ああ、これだ」と呟いた。

「で、これを見たいのは凌かな？　それともあっちのムッツリコックにもう一度見せてやりたい？」

「できるなら、リュウが直接見た方がいいと思うんだけど――…でも、また辛《つら》い思いをするのは嫌だろうし。これって、実際に体験するんじゃなくて、映画みたいにスクリーンとかで観ることはできないんですか？　早送りして観たい場面だけ映し出すみたいな」

「スクリーンねえ。できないことはないが……」

パチンッと指を鳴らす。すると、テーブルの上にリボンがかかった長方形の箱が現れた。凌は思わずごくりと生唾《なまつば》を飲み込み、それを凝視する。これも何かのアイテムだろうか。ダークブラウンに金の縁取りをした、お洒落《しゃれ》な洋菓子が詰まってそうな箱。もしかして、覗《のぞ》いたら夢が中継される不思議な箱なのかもしれない。イザヨイがそっと箱を開ける――。

中に入っていたのは、チョコレートだった。

「……何ですか、これ」

思わず訊《たず》ねると、イザヨイが見てわからないのかというような目を向けてくる。

「チョコレートだよ。俺はあまり甘い物は好きじゃないんでね。せっかくだから凌にあげようと思って、土産に持ってきたんだ。これがお勧めだよ、羊の絵が描いてあるヤツ」

楽しそうに指し示す。何だ、ただのお土産か――凌は拍子抜けして、勧められた一つを摘んだ。スクエア型のチョコには表面に羊のイラストがプリントされている。メメの前で食べたら怒られそうだ。

「……じゃあ、一ついただきます」

「どうぞ」イザヨイは気味が悪いほどニコニコと笑う。「実は、ペンギン業者が最近おもしろい商品を開発したと持ってきたんだよ。人間を夢の中に送り込むことができるんだそうだ」

「え？」

訊き返した時には、もうチョコは口の中で半分に割れていた。

「せっかくだから凌が中に入って、直接弟君から話を聞いたらいい。百聞は一見に如《し》かず。他にも知りたいことがあるんだろう？　過去のリュウにも会えるぞ。あいつは最初からちっとも可愛げがなくてね。どうせなら凌と先に出会いたかったよ。言い忘れていたが、実は好みの顔なんだ。リュウなんかやめて俺にしないか？　もしかしたら、俺たちこそ本当は運命の赤い糸で結ばれていて、出会う順序を間違えたんじゃないかと最近神のお告げが……」

イザヨイの戯言《ざれごと》が遠くに聞こえる。舌でうっとりとするほど濃厚なカカオの香りがとろけて、甘美な眩暈《めまい》に誘われる。そこでフッと一旦意識が途切れた。

無重力。

ハッと意識が覚醒したと思った次の瞬間、ぼよーんと体が激しくバウンドした。ポーンと跳ね返って、タムタムタムと地面を転がる。視界がグルグル回り、やがて止まった。何が起こったのかすぐには理解できない。

ここは一体どこだ——？

真っ暗だ。店にいたはずなのに、停電にしては不自然。意識が途切れる直前のイザヨイとのやり取りを思い返し、何かおかしな事態に巻き込まれたことだけはわかった。原因はおそらくあのチョコレート。ペンギン業者はその名の通り、ペンギンが営む会社だ。人間の常識は通用しない。ただのチョコレートのわけがない。やられた——凌は頭を抱えた。

もふっとした。

『……ん？』

おかしい。頭髪の感触が変だ。もふもふと両手を動かして確かめるが、いつもとは明らかに手触りが違う。さらさらのストレートヘアのはずが、なぜか爆発したみたいに倍以上に膨れ上がっている。

『ん？　ん？』

飛び起きると、座った尻《しり》の辺りがもこもこした。妙に体の動きが鈍く、違和感を覚えて自分の全身をもふもふとさぐる。目が慣れてきて、両手をじっと見つめた瞬間、

『何じゃコリャ！』

凌は呆気《あっけ》に取られた。

目に映っていたのは人間の手ではない。よく知っている二股に分かれた蹄《ひづめ》――羊のそれだったからだ。

『メメの手……じゃないよな？』

キョロキョロと周囲を見渡しても、真っ暗闇にメメ羊の姿は確認できない。自分の意思で自由に動かせるそれは、やはり凌のものだ。必死に蹄で自分を探るが、どこもかしこももふもふ。しかも毛色はメメとは違って真っ黒。――黒羊になってしまった。

『ウソだろ、何だよこれ。あの人も悪ふざけがすぎるだろ』

今更ちょっとやそっとのことでは驚かないが、さすがに自分が羊に化けるとは想定外だ。イザヨイの人の悪そうな笑みが蘇《よみがえ》る。彼の言葉が嘲笑《あざわら》うかのように脳裏をよぎった。

――人間を夢の中に送り込むことができるんだそうだ。せっかくだから凌が中に入って、直接弟君から話を聞いたらいい……。

『……ってことは、ここは夢の中？』

その時、どこからか声が聞こえてきた。

「大変だ、大変だ、急がなくちゃ」

振り返ると、子どもが一人トテトテと走ってくる。まだ小学校に上がる前くらいの幼い男の子。赤いマントを翻《ひるがえ》し、腰には玩具《おもちゃ》のベルトをつけている。おそらく特撮ヒーローの変身アイテム。凌は何がなんだかわからないまま、とりあえず声をかけた。

『あ、ちょっと待って――え？』

男の子はそのまま突進してきたかと思うと、ぼよーんと凌をサッカーボールよろしく蹴り上げた。黒い毛玉はかるがると宙を飛び、クルクル回転しながらべちゃっと地面に落ちた。

『……ううっ、酷い』

凌は蹄を引き寄せて、もふもふの体を起こす。痛みがないのはこれが夢の中だからか。しかし、いくら夢とはいえメチャクチャだ。メメみたいにしくしく泣きたくなってくる。

「あれ？　ボールじゃなかった」

後ろ肢《あし》を投げ出し、茫然《ぼうぜん》自失でもふっと座っていた凌はハッと顔を上げた。

じいっと見下ろしている男の子と目が合う。通りすがりのチビッコヒーローはどこかへ走り去ったとばかり思っていたので、びっくりした。丸い目をぱちくりとさせると、彼は申し訳なさそうに薄い眉を八の字にして言った。

「ごめんね、ボールと間違えて蹴っちゃった。ヒツジさんだったんだね」

しゃがんだ男の子がよしよしと凌の頭を撫でる。「あっ」と、何かに気づいて叫んだ。

「そのエプロン、兄ちゃんの店のだ。もしかしてヒツジさん、兄ちゃんのお友達なの？」

問われて、慌てて自分を見下ろす。黒いもこもこの毛に覆われた腹に、見覚えのある布が巻きついていた。白黒のカフェエプロン。ポケットにはちゃんと貘の刺繍が入っている。

エプロンをしていたとは気がつかなかった。いやいや、それよりも――。凌ははたと我に返る。今、彼は何と言った？

『兄ちゃんって……』凌は俯《うつむ》いた顔を撥《は》ね上げた。『もしかして君、ツバサくん？』

「ヒツジさん、僕のことを知ってるの？」

やっぱりそうだ！　凌は改めてツバサを見つめた。十一歳で亡くなったと聞いたが、ここにいる彼はその半分くらいの年齢だ。よく見ると、着ている服もヒーロースーツがプリントされた真っ赤なパーカー。いつの時代も男の子はヒーローに憧れるものだなと、自分の幼少期を思い出して少し懐かしくなる。

「あっ、大変だ。急がなきゃ」

ツバサが思い出したようにすっくと立ち上がった。「兄ちゃんを助けに行かないと」

『え？』凌はごろんと転がりそうなほど首を反らして見上げた。『リュウがどうしたの？』

「悪いヤツらにつかまっているんだ。早く助けないと兄ちゃんが危ない」

そうだった。ここはリュウの悪夢の中。本人から聞いた話だと、底なし沼に引き摺り込まれて、不気味な泥人形に襲われているはずだ。凌は慌てて、正義のマントを翻すチビッコヒーローを引き止めた。『ま、待って！　俺も一緒に連れていってくれないかな』

「ヒツジさんも？」

ツバサが振り返る。「わかった」と頷き、なぜか凌のエプロンを外すと首に巻き直した。

「ヒツジブラック、一緒に敵をやっつけて兄ちゃんを助けよう！」

『オ…ッ、オー！』

蹄を天に突き上げて、チビッコヒーローの後に続いた。ツバサの赤マントと、凌の白黒エプロンが闇に閃《ひらめ》く。もこもこの短い四肢をとてとてと動かしながら、話しかけた。

『その服、カッコイイね。すごく強そうだよ』

ツバサが一瞬きょとんとした。次の瞬間、ぱあっと破顔する。「これ、兄ちゃんにもらったんだ！　お年玉で、ぼくの誕生日プレゼントに買ってくれたんだよ」

宝物なんだと、自慢げに胸を張ってみせた。

凌は内心驚き、思わず頬を弛《ゆる》ませる。当時のツバサが五歳くらいだとしても、リュウはまだ十二歳。お年玉で弟にプレゼントを買うなんて、これは想像以上に年季の入ったブラコンだ。そしてはっきりと確信する。ツバサが兄を嫌っているだなんてとんでもない。

『ツバサくん、お兄ちゃんのこと好き？』

「もちろんだよ」ツバサが即答した。「ぼく、兄ちゃんのこと大好きだもん」

『そっか』と、凌まで嬉《うれ》しくなる。今の言葉をリュウに聞かせてやりたかった。蟠りなんて欠片《かけら》もない、羨《うらや》ましいくらいに仲のいい兄弟だ。

「兄ちゃんは、かっこいいヒーローなんだよ。ぼく、兄ちゃんにいっぱい助けてもらったんだ。犬に追いかけられた時とか、友達とケンカした時とか、ママにしかられた時とか。だから、今度はぼくが兄ちゃんを助けてあげるんだ。ヒツジさんも手伝ってね」

『うん、任せといて』

ほどなくして現れたのは、不気味な沼地だった。雑草が生い茂り、いかにもな場所だ。

「あっ、いた！」

ツバサが指差して叫んだ。凌も目を向ける。

沼の中に人影が浮かび上がった。酷い形相《ぎょうそう》で必死に何かを振り払うような仕草を繰り返しているのは、間違いなくリュウ本人だ。彼の体に纏わりついているのは泥の塊——小さな子どもの手を模した泥が、それぞれ意思を持っているかのようにリュウを引っ張っている。

あまりにもおどろおどろしい、ゾッと身の毛のよだつ光景を目の当《ま》たりにして、凌は思わず息を吞《の》んだ。こんな夢を以前のリュウは毎晩見ていたのか——。

「兄ちゃん！」と、ツバサが大声で呼んだ。

しかし聞こえないのか、リュウはこちらを見向きもしない。何かに取り憑《つ》かれたかのように一心不乱に腕を振り回し、纏わりつく泥人形を払いのけるのに必死だ。

「あいつら、兄ちゃんを連れていく気だ。やめろよ！　兄ちゃんから離れろ！」

傍《そば》に落ちていた石を拾って、ツバサが投げる。だが、泥人形に届くよりも随分と手前でポチャンと落下してしまう。うー、とツバサが悔しそうに地団太《じだんだ》を踏んだ。

『ツバサくん、これでリュウを引っ張ろう』

凌はエプロンを指し示した。蹄では紐《ひも》が上手く解《ほど》けず、ツバサに外してもらう。彼も自分のマントを外して、二つの端と端をぎゅっと結び合わせた。しかし、長さが足りない。

凌は蹄で頭を抱えて考えた。雑草を掻き分けて進んだ羊毛にたくさんのオナモミがくっついている。邪魔なそれを払おうと手を振った瞬間、蹄が羊毛に引っかかった。そのまま乱暴に引っ張ると、なぜかにょーんと黒い毛がありえないほど伸びる。

『……ツバサくん、その辺にお箸《はし》くらいの細い木の枝が落ちてない？』

「木の枝？」ツバサがキョロキョロと辺りを見回した。「あっ、ヒツジさん。あそこに大きな木があるよ。あの枝は？」

見ると、沼の畔《ほとり》に大きな榎の木が立っていた。カフェの裏庭にある榎によく似ている。

「ぼく、取ってくるよ。木登りには自信があるんだ。兄ちゃんに教えてもらったから」

そう言うと、ツバサは走り、するすると木に登り始める。あっという間に適当な太さの枝を二本見繕って手に入れると、再びするすると下りて戻ってきた。「はい、ヒツジさん」

『ありがとう！』

頼もしい相棒から枝を受け取る。それを編み棒に見立てて、自分の羊毛をむぎゅっと引き伸ばしせっせと絡《から》ませた。エプロンの紐を自分の毛で継ぎ足す。もう自分でも何がなんだかわけがわからない。何で毛が伸びるのかわからなかったし、我ながらどうやって蹄を操っているのかも謎だ。とにかく必死だった。リュウを助けなければとそれ一心で編み続ける。

『できた！』

凌は編み上がった紐の先端を自分の腰に巻きつけて縛った。もう片方はツバサに託す。

『ツバサくん、最初に俺を蹴ったみたいに、リュウに向けて思いっきり蹴ってほしいんだ。俺がリュウを掴んだら合図を送る。そしたら、これを引っ張って』

「うん、わかった」

蹴りやすいように背中を丸めて毛玉になった凌は、ぽよーんと宙を飛んだ。べチャッと沼に落ちる。藻を頭にのせて、懸命に犬掻きでリュウに近づく。

『リュウ、もがっ、リュ、リュウ！』

水を飲みながら声を張り上げる。まだ彼は気づかない。

『りゅ、竜成《りゅうせい》！　うっぷ、早く、手をこっちへ……あぶっ、竜成！』

どっちが溺《おぼ》れているのかわからなかったが、渾身《こんしん》の叫びは届いたらしい。それまで無反応だったリュウが、ハッとこちらを向いた。すでに肩まで沼に浸かっていた彼が、水面に浮かんでいるもこもこを発見する。

『竜成、早く手を！』

蹄を精一杯伸ばした。一瞬、虚を衝かれたような顔をした彼は、しかしすぐに我に返ると歯を食いしばり、沼に囚われた腕をずぼっと引き抜いた。口に入った水を吐き出しながら手を伸ばす。指先が何度か空を掻き、ようやく蹄を摑む。

『ツバサくん、引っ張って！』

その後は無我夢中で水を掻いた。冷静になって考えれば、幼児の力で成人男性を沼から引き上げるには無理があるし、手乗りサイズの羊が浮き輪代わりになるわけもなく、明らかに何らかの不可思議な力が働いたことは間違いない。都合よく話が進むのも、すべては夢の中の出来事だからである。

気がつくと、凌とリュウは岸辺に辿《たど》り着いていた。ぜいぜいと息を乱し、揃《そろ》って地面に横たわっている。ツバサも力尽きたように四肢を投げ出していた。

『……はぁ、はぁ、リュウ、大丈夫か？』

飛び起きて訊ねると、隣で呼吸を整えていたリュウが「ああ」と吐息混じりに答えた。無事に彼を救出できてホッと胸を撫で下ろす。

ゆっくりと起き上がったリュウが、何か不思議なものを見るような目で凌をじっと見つめてきた。そういえば、この頃のリュウと現実の凌はまだ面識がないのだ。当然、凌の名前を出してもわからないだろう。せっかく羊の姿でいることだし、まあいいかと思う。この夢で重要なのは、凌の存在ではない。

「兄ちゃん」と、起き上がったツバサが言った。

声に振り返ったリュウが目を瞠った。

「──ツバサ」

「よかった」ツバサがニカッと笑った。「兄ちゃんとヒツジさんが無事で」

リュウが今にも泣きそうな顔で目元をくしゃりとさせた。

「ツバサ、助けてくれてありがとうな」

彼のこんな表情を見るのは初めてで、凌まで胸をぎゅっと摑まれたような気持ちになる。

エヘヘッとはにかむように笑ったツバサが、握り締めていた紐を手繰《たぐ》り寄せた。ぐっしょりと濡《ぬ》れたエプロンを見つめて、嬉しそうに頰《ほお》を弛ませる。

「兄ちゃん、僕たちの夢が叶《かな》ったね」

リュウが息を吞んだ。無邪気にかわいらしい歯を見せるツバサ。

「ありがとう、叶えてくれて。兄ちゃん、大好き。やっぱり兄ちゃんはぼくのヒーローだ」

「……っ」

端整な顔を歪めたリュウは、次の瞬間、飛びつくようにして弟を抱き締めた。

「ツバサ、お前のおかげだ。俺もお前のことが大好きだよ。ごめんな、俺はお前に何もしてやれなくて」

力いっぱいの抱擁に、ツバサが「兄ちゃん、苦しいって」と笑う。

「そうだ、兄ちゃん。忘れ物だよ」

兄の腕の中から這《は》い出したツバサが、エプロンと同じくぐっしょりと濡れた黒い毛玉を抱き上げた。凌はうっかりもらい泣きしてしまった顔を慌てて蹄で拭《ぬぐ》う。ツバサが頭に被《かぶ》った藻を払ってくれた。「汚れちゃったね」と言いながら、凌をリュウに渡す。

「これって決めた大事なものは絶対に手離しちゃダメなんだよ。兄ちゃん、いつもぼくにそう言ってたくせに。もー、自分が置き去りにしちゃダメだよ。大事に持ってなきゃ」

「……え？」

リュウがきょとんとした顔で見下ろしてきた。彼の腕に抱かれた凌も戸惑ってしまう。

「俺の、大事なもの……？」

『…………』

「そうだよ。ヒツジブラック、兄ちゃんのためにすっごく頑張ったんだから。いっぱいひっかいつき虫をくっつけながら、ものすごい速さでこのエプロンの紐を作ったんだよ。本当にすごかったんだから、ね、ヒツジさん。だから兄ちゃん、ヒツジさんにもお礼をちゃんと言って、仲良くしてね。ヒツジさんも、兄ちゃんのことをよろしくお願いします」

ツバサが凌に向けてぺこりと頭を下げてみせた。その時、頭上から微《かす》かな光が差し込む。

「あ、そろそろお別れだね。目が覚めちゃう。二人とも仲良くね、バイバイ――」

「ツバサ？　おい、待て」

『ツバサくん、ちょっと待って』

ザザッとノイズが走り、景色が高速で流れ始めた。ツバサの姿がぐんぐんと遠ざかっていく。再び無重力。濁流に飲み込まれた意識の端が釣り糸にかかり、引き上げられるような感覚があって――そこで、ふっと暗転した。


薄く開いた視界に、見覚えのある天井が入る。

パチッと目を開けた。

まだ半分夢に足を突っ込んでいる気分で、状況を把握する。ここはいつも寝起きしている寝室だ。リネンも毎日使用しているもの。夢から現実に戻ってきたのだと理解する。いや、本当はどこからが夢だったのだろうか。もしかしたら、イザヨイにチョコレートをもらったのも夢の中の出来事だったのかもしれない。

わけがわからなくなってきて、凌は頭を抱えながら起き上がった。

『…………』

そして初めて気づく。自分の手が蹄だということを。

『うわっ、何でまだヒツジ⁉』

慌てて上掛けを剝《は》いで、全身けむくじゃらの自分を茫然と凝視していると、隣がむくりと動いた。

「そんなに焦らなくても大丈夫だ。目が覚めたらじきに人間の姿に戻るらしいから」

ハッと顔を向けると、凌が撥《は》ね除《の》けた上掛けに包《くる》まっているリュウと目が合った。クイーンサイズのベッドに頰杖《ほおづえ》をついた彼が、あくびをしながら微笑《ほほえ》む。「おはよう」

『リュウ――……』凌はパニックになった。『あれ？　どこからが夢？　イザヨイさんは？』

何度見ても自分の手は羊のそれだし、ぽてっと座った尻がもふもふして、リュウが身じろぎするたびに軽い体はぽよんぽよんとバランスを崩す。

「とっくに帰ったよ。もう朝だぞ」

『朝！　えっ、ウソ、お店は？』

もふもふと転がりながらサイドテーブルの目覚まし時計を確認すると、すでに九時を回っていた。大寝坊だ。しかし、「今日は定休日」とのんびりとした声が返ってきて、そういえばそうだったとホッと安堵《あんど》する。

『……俺、そんなに眠ってたんだ』

イザヨイがやってきたのは閉店間際だったので、そこから計算しても十二時間は眠っていたことになる。びっくりしすぎてころんとベッドに転がってしまった。

やけにチクチクするなと思えば、黒毛にオナモミがくっついていた。凌は首を捻《ひね》る。夢に入ったのは意識だけで、本体は別じゃなかったのか。現実なのか夢なのか、もうごちゃまぜだ。蹄ではオナモミが上手く摑めなくて格闘していると、ひょいと体が浮き上がった。

「びっくりしたぞ」

仰向《あおむ》けになったリュウに抱き上げられて、凌は目をぱちくりとさせた。

「パスタをテーブルに運んだら、お前がヒツジになってすやすやと眠りこけてたんだからな。二代目は酔っ払ってゲラゲラ笑ってやがるし。お前は俺の夢の欠片を探しに旅に出たとかわけのわからないことを言い残して、ドロンと姿を消しやがった。あいつが持ってきた怪しいチョコなんかホイホイ口にするんじゃねーよ、このおバカヒツジが」

デコピンをされた額《ひたい》を、凌は蹄で押さえた。「ひっつき虫か、懐かしいな」毛に絡まったオナモミを取り除きながら、リュウが「でもまあ」と目元を和らげる。

「こんなのくっつけて、俺のために頑張ってくれたんだもんな。ヒツジブラック」

『――!』

凌は丸い目を更に丸くした。『も、もしかして、リュウもあの夢を見たのか?』

「まあな」リュウが苦笑した。「お前をベッドに寝かせた途端、急にこっちまで睡魔に襲われたんだよ。気づいたら、例の沼に嵌まってた時はさすがに焦った。夢の内容は当時とはだいぶ変わってたけどな。だけど、そのおかげでまたツバサに会えた」

ふわっと優しい兄の顔になる彼を見下ろして、凌の胸はきゅんと切なくなる。

『あ、でも』

はたと我に返り、凌は申し訳ない気持ちで言った。『俺が好き勝手しちゃったせいで、もともとの夢からはかけ離れた気がするんだ。ツバサくんとの再会シーンも、オリジナルとは全然違ってただろ？　俺がいること自体、イレギュラーだったんだし。最後のツバサくんの言葉も、本来のものとは違っていたんじゃないかな』

元の悪夢が、すでにイザヨイによってお祓い済みのものである。余計なことをせず傍観者に徹していれば、悪夢は予定通り貘に救済されて、ツバサの最後の言葉も今度こそ聞けたかもしれない。凌がでしゃばったせいで、リュウが一番望んでいたそれが書き換えられてしまったのではないか——。

「いや」

しかし、リュウはきっぱりとかぶりを振った。「あれはあれでよかったんだよ。今、ツバサに会ったら、きっとああ言うだろうから。俺と、俺の大事なヒツジさんに対する言葉だ。ちゃんと聞くことができてよかった。あいつ、『兄ちゃんはぼくのヒーローだ』——だってさ」

本当に嬉しそうに笑う彼を見て、凌も自然と笑みが零《こぼ》れた。

『ツバサくん、兄ちゃんを助けに行くんだって、ヒーローの赤いマントとベルトをつけて頑張ってたよ。あれって、リュウがお年玉で買ってあげたんだろ？　すごく嬉しそうに話してくれた。あんな子がお兄ちゃんを嫌うわけないだろ。大好きだって言ってたじゃないか』

一瞬面食らったような顔をしたリュウが、「そうだよな」と目を細めた。

「ありがとうな、凌」

リュウがじっと見つめてきた。甘い眼差《まなざ》しに搦《から》め捕られてドキッとする。無性に照れ臭くなって、凌はもこもこの毛に顔を埋めるようにしてもじもじと体をくねらせた。

照れる黒羊を抱き上げながら、リュウがおかしそうに笑った。

「そういえば、この体勢って前の俺たちとは逆だな。俺が貘で、凌はいつもこうやって抱き上げながら下から見上げてくるんだ」

『ああ、そういえば』凌も思い出す。『懐かしいな。かわいかったよな、貘姿のリュウ』

しかし、リュウは不満そうに唇を歪めた。「俺はもうこりごりだ。一生懸命に手を伸ばしても、なかなか触らせてもらえねえ。お前が面白がって俺をこんなふうに遠ざけるから」

『うわっ』

リュウが肘《ひじ》を限界まで伸ばし、凌の目線は一気に上昇した。脇を支えられているだけなので、四肢がぷらんぷらんと宙に浮いて覚束《おぼつか》ない。下ろしてと、ぱたぱたと手足を動かす様子を眺めていたリュウが、「これはこれでかわいいな」至極真面目《まじめ》な顔をして言ってのける。

「ま、俺はお前みたいに意地悪じゃないからな。触りたいなら好きなだけ触らせてやるぞ」

そう言ってにやりと笑うと、いきなり肘を曲げた。今度はぐんと視線が急降下し、リュウの顔がどんどん近づいてくる。ぶつかる——思わず目をぎゅっと閉じた瞬間、チュッと口元にやわらかい感触が押し当てられた。

びっくりして目を開けると、すぐそこに端整なリュウの顔があった。一瞬視線が交錯し、再びチュッと口づけられる。チュッ、チュッ、チュッ……。

『ぷはっ、や、やりすぎだよ、もういいってば……っ』

逃げられないのをいいことに、羊の顔にキスの雨が降り注ぐ。さすがに恥ずかしくて、凌はぺたぺたと蹄で突っ張り、抵抗した。すると今度はベッドにころんと転がされて、もふもふの羊毛に手を突っ込まれる。全身をまさぐられた。

『や、やめろって、くすぐったいってば。ハハッ、あ、もう、ちょっとダメだってば』

「もこもこして気持ちいいな。でもほら、毛の奥はすべすべしてるぞ」

長い指が毛を搔き分けて皮膚をくすぐってくる。両側から腹を撫でさすり、更にその下にまで手を這わせてきた。敏感な部分に指先がかかる。

「ここもツルツルしてる」

『あっ、ダ、ダメだって、そこは……ん、ぁ』

甘い痺《しび》れにぶるりと震える。——ポンッ、と凌の体に異変が起こったのは次の瞬間だった。

急に腕が重くなり、何事かとぷるぷると前肢を引き寄せた凌は、けむくじゃらの蹄ではない人間の手を見て声を上げた。

「あ！　も、戻った！　リュウ、元に戻ったよ。ほら、見て」

振り返ると、リュウも一瞬驚いたような顔をしてみせる。そして、視線を凌の股間に落とすと、感動したみたいに言った。

「……本当だ。戻ってるな」

「ちょ、どこ見てるんだよ！　あれ、何でマッパなの？　俺の服は？」

「ヒツジに化けた時に床に脱ぎ捨ててたぞ。全部洗濯機に放り込んでおいたから心配するな」

貘リュウをはじめ、邸の住人たちは変化しても衣服は身につけたままだった。てっきり自分もそうだと思っていたのに、生まれたままの姿を晒《さら》していて狼狽《うろた》える。

「何を今更、恥ずかしがることがあるんだ」と、呆《あき》れたように言ったリュウが手を伸ばし、凌の腰を妖《あや》しく抱き寄せた。引き摺られるようにしてシーツの上に押し倒される。

「ちょっ、リュ、リュウ？　もう朝だよ。ほら、今日は買い出しに行くって言ってただろ」

「週に一度の定休日だからな。本当なら、ゆうべはこうやってお前とたっぷり抱き合うはずだったんだ。誰かさんがヒツジになってぐうすか寝てしまったせいで、俺は欲求不満なんだよ」

ほら見てみろとばかりに押し付けられた股間は、スウェットの上からでもわかるほど硬く張り詰めていた。思わずごくりと喉を鳴らす。その物欲しげな仕草を見て、リュウがにやりと笑った。

「買い物は後回しだな。とりあえずは、俺の大事な大事なヒツジさんを思う存分かわいがってやらないと」

リュウがゆっくりと覆い被《かぶ》さってくる。ドキッと胸が高鳴った。この瞬間が好きだ。愛《いと》しい人の重みが圧《の》し掛かってくる幸せ。

これって決めた大事なものは絶対に手離しちゃダメなんだよ——ツバサの声が蘇った。

凌にとってもかけがえのない彼を、絶対に手離してはいけないと思う。この人だと心に決めた相手と一緒に笑って、泣いて、時々喧嘩しながらも、ずっと傍にいて互いに支え合って生きていけたら、きっとこれ以上の幸せはないだろう。

「おい、何を考えてる？」

咎《とが》めるように頬にキスをされて、凌は軽く首をすくめた。

「いや、何かすごく幸せだなと思ってさ」

軽く目を瞠ったリュウが、眼差しを甘く眇《すが》める。

「それじゃ、もっと幸せにしてやるよ」

嬉しそうに微笑むと、甘ったるい幸せを纏わせた彼の体が優しく圧し掛かってきた。

あとがき

このたびは拙著をお手に取っていただき、ありがとうございました。
今回は「シェアハウスってどうだろう？」というところからスタートしたつもりが、気づけばこんなファンタジーに仕上がってしまいました。いろいろな動物が書けて本人は大満足なのですが、いかがでしたでしょうか。

想像上の夢を喰うといわれている貘は、全体的な形はクマに似ていて、鼻がゾウで目はサイ、尾はウシ、足はトラという動物らしいです。が、本作の貘はかなりプリティなのです。何となく、頭の中ではころころした白黒のイキモノを思い浮かべて書いていましたが、イラストを拝見してあまりのかわいさに身悶えました。こんな貘だったら、私も欲しい！

そんな素敵イラストを描いて下さったのは、コウキ。先生です。
動物になったり人間になったりと忙しいキャラクターたちですが、みんな想像以上の姿になって現れたので、感無量でした。特に貘。夢を喰う方のリアルな絵を見ながら、担当さんと「このビジュアルはナシですね……」という話をしていたもので、なんともかわいらしい貘になって戻ってきたリュウを見た瞬間、脂下がる凌の気持ちがよくわかりました。ギュッとしてスリスリしたい……。他の住人たちも、もふもふパタパタとかわいいし、人間バージョンはこれまたかっこよかったり、かわいかったり、紳士だったり。眺めているだけで幸せでした。お忙しい中、妄想が膨らむイラストの数々をどうもありがとうございました！

そして、今回も二人三脚でいろいろと助けていただきました、担当様。

イケメンが暮らすオシャレなシェアハウスのはずが、人外が棲みつくぽんこつ幽霊屋敷になってしまい、「あれ？　おや？」と言いながらも、この設定にＯＫを出してくださって感謝しております。楽しく書かせていただきました。更に、今回の口絵は肌色です！　これでちょっとはＢＬっぽく……は、まったくなりませんでしたが、風呂桶にカポンと嵌まっているリュウのイラストが見てみたかったので、モノクロのどこかに入れてほしいなと思っていたら、なんと口絵でした！　貘リュウのヌードに眼福です。ありがとうございます、私も夢を見させてもらいました。

最後になりましたが、改めてここまでお付き合いくださった皆様に最大の感謝を。

少しでも楽しんでいただけたら嬉しいです。どうもありがとうございました。

榛名　悠

✦初出　俺さまケモノと甘々同居中!?……………書き下ろし
黒ヒツジ、危機一髪。……………………書き下ろし

榛名 悠先生、コウキ。先生へのお便り、本作品に関するご意見、ご感想などは
〒151-0051 東京都渋谷区千駄ヶ谷 4-9-7
幻冬舎コミックス　ルチル文庫「俺さまケモノと甘々同居中!?」係まで。

幻冬舎ルチル文庫

俺さまケモノと甘々同居中!?

2016年7月20日　　第1刷発行

✦著者　榛名 悠　はるな ゆう

✦発行人　石原正康

✦発行元　株式会社 幻冬舎コミックス
〒151-0051 東京都渋谷区千駄ヶ谷 4-9-7
電話 03(5411)6431［編集］

✦発売元　株式会社 幻冬舎
〒151-0051 東京都渋谷区千駄ヶ谷 4-9-7
電話 03(5411)6222［営業］
振替 00120-8-767643

✦印刷・製本所　中央精版印刷株式会社

✦検印廃止

万一、落丁乱丁のある場合は送料当社負担でお取替致します。幻冬舎宛にお送り下さい。本書の一部あるいは全部を無断で複写複製(デジタルデータ化も含みます)、放送、データ配信等をすることは、法律で認められた場合を除き、著作権の侵害となります。

定価はカバーに表示してあります。

©HARUNA YUU, GENTOSHA COMICS 2016
ISBN978-4-344-83770-6　C0193　Printed in Japan

本作品はフィクションです。実在の人物・団体・事件などには関係ありません。

幻冬舎コミックスホームページ　http://www.gentosha-comics.net